Juan Jullian e Igor Verde

1ª edição

— Galera —

RIO DE JANEIRO
2022

REVISÃO
Cristina Freixinho
Neuza Costa
DIAGRAMAÇÃO
Abreu's System

CAPA
Dark Stream

CIP-BRASIL. CATALOGAÇÃO NA PUBLICAÇÃO
SINDICATO NACIONAL DOS EDITORES DE LIVROS, RJ

J91v

Jullian, Juan
 Viralizou / Juan Jullian, Igor Verde. – 1. ed. – Rio de Janeiro : Galera Record, 2022.

 ISBN 978-65-5981-193-9

 1. Ficção brasileira. I. Verde, Igor. II. Título.

22-79222
CDD: 869.3
CDU: 82-3(81)

Meri Gleice Rodrigues de Souza – Bibliotecária – CRB-7/6439

Copyright © Copyright © 2022 by Juan Jullian e Igor Verde

Todos os direitos reservados.
Proibida a reprodução, no todo ou em parte, através de quaisquer meios.
Os direitos morais dos autores foram assegurados.

Texto revisado segundo o novo Acordo Ortográfico da Língua Portuguesa.

Direitos exclusivos de publicação em língua portuguesa somente
para o Brasil adquiridos pela
EDITORA GALERA RECORD LTDA.
Rua Argentina, 120 – Rio de Janeiro, RJ – 20921-380 – Tel.: (21) 2585-2000,
que se reserva a propriedade literária desta tradução.

Impresso no Brasil

ISBN 978-65-5981-193-9

Seja um leitor preferencial Record.
Cadastre-se e receba informações sobre nossos
lançamentos e nossas promoções.

Atendimento e venda direta ao leitor:
sac@record.com.br

Para todo brasileiro que sobreviveu ao apocalipse.

Jurei mentiras e sigo sozinho
Assumo os pecados
Os ventos do norte não movem moinhos
E o que me resta é só um gemido
Minha vida, meus mortos, meus caminhos tortos
Meu sangue latino
Minha'alma cativa
Rompi tratados, traí os ritos
Quebrei a lança, lancei no espaço
Um grito, um desabafo
E o que me importa é não estar vencido
— "Sangue latino" — Secos e Molhados

Prólogo

Toneladas e mais toneladas de rochas espaciais caem diariamente no planeta Terra. Essas pedras ficam por aí, vagando no espaço, até serem atraídas pela gravidade do nosso planeta e não resistirem, jogando-se com toda a força para cima dessa imensa massa azul. A maioria delas se desfaz quando atravessa a atmosfera, dando origem às estrelas cadentes. Essa informação será importante daqui a pouco, guarde-a aí.

Elizete e Fábio tinham se visto pela primeira vez naquela noite. Tocava um forró bom de bater coxa em uma das barracas sempre abarrotadas na Nova Holanda, uma favela às margens da Avenida Brasil. Elizete estava arrasando: batom vermelho, unhas carmim, um vestido tubinho azul-caneta que marcava os quadris, os peitos prontos para se jogar do decote tulipa um número menor do que o necessário.

Já Fábio não era um dos caras mais bem-vestidos por ali. Usava calça jeans, tênis colorido e blusa de um time qualquer de futebol. Elizete nem tinha notado sua presença. Mas a noite avançou, o álcool começou a subir à cabeça, Fábio tirou a camisa e Elizete reparou em uma pinta bem no bico do peito dele. Não tinha barriga tanquinho, o peitoral era fraquinho, as costas meio arqueadas por conta da escoliose, mas tinha uma bela pinta preta bem no meio do bico do peito direito.

Elizete amava pintas e, principalmente, bico de peito. Os dois juntos, bem juntinhos, grudadinhos, era uma visão que mexia com seus desejos mais profundos. Em um segundo deu um golão na latinha azul que continha uma venenosa mistura de gim, tônica e algumas centenas de químicos capazes de convertê-la em uma bêbada cheia de coragem, coragem o suficiente para fixar os olhos naquele cara com terríveis falhas estéticas.

Fábio estava meio perdido ali. Alguns amigos o chamaram e disseram que era por conta deles. Tinha terminado um namoro havia menos de um mês e ainda arrastava seu corpo franzino para fora da fossa em que se enfiou depois do pé na bunda. Os amigos prometeram que na Nova Holanda a fossa teria um fim: ele seria arrancado dela pela bebida ou por um novo amor. Ou pelos dois. Com isso em mente, escolheu sua melhor calça jeans, seu tênis Nike de cinco cores — três das quais ele não conseguia exatamente nomear — e sua camiseta preferida do Bayern de Munique, toda vermelha, original da Adidas, modelo usado na final da Liga dos Campeões de 2013. Número 10 do Robben, detalhe que ele fazia questão de sublinhar. As gatas piram – bom, pelo menos na cabeça dele. Tanto que quando Elizete foi se aproximando da mesa suas ações aconteceram na seguinte ordem: olhar, dar um gole na bebida, olhar de novo, não acreditar, o queixo cair, engolir em seco e vestir a camiseta. Elizete chegou.

— Poxa, vai vestir a blusa só porque eu cheguei?

Elizete ficou nitidamente chateada. Esperava poder ver um pouquinho mais da pinta no bico do peito dele.

— É, só tirei porque tava quente.

— Eu só vim porque tava quente.

A resposta assim, na lata, deixou Fábio sem ação. Ele se escondeu atrás de mais um gole enquanto passava levemente a mão no peito direito, ato reflexo que sempre repetia em situações de grande pressão... Elizete amou ver aquele gesto, fez subir uma vontade. O forró acelerou.

— Dança comigo? — Elizete convidou, enquanto Fábio só conseguiu fazer um gesto de concordância.

Fábio era terrível dançando, mas Elizete até se divertiu com o rapaz sem jeito, tentando aprender forró ali, na hora, no improviso. Apesar de mal arrumado, era cheiroso e tinha uma delicadeza que ela gostava. Fábio perdia a cabeça toda vez que sentia a coxa dela entre a sua, movimento que o fazia esquecer a concentração e errar o passo. Não que acertasse o passo quando estava concentrado: o máximo que fazia era garantir que não estava pisando no pé dela. Aquele exercício de dançar forró sem saber, cheio de tesão e calor, estava desconfortável demais para ele.

O desconforto foi cortado por um batidão de 150 BPM. Substituindo o forró, o funk de Talitta Bumbum tomou conta do lugar.

GAROTA BUMBUM - BUMBUM BUMBUM BUMBUM
EU SOU A GAROTA BUMBUM - BUMBUM BUMBUM BUMBUM

Todas as rabas se mexeram ao som daquela música. Todas menos a de Fábio, que se viu imóvel, hipnotizado pela dança de Elizete.

GAROTA BUMBUM - BUMBUM BUMBUM BUMBUM
EU SOU A GAROTA BUMBUM - BUMBUM BUMBUM BUMBUM

Sem controlar seu corpo diante do funk da Garota Bumbum, Elizete só percebeu a expressão de paspalho do Fábio quando o queixo do rapaz já estava próximo do chão. A imagem daqueles olhos vidrados no movimento só fez Elizete jogar a raba de um lado a outro com ainda mais vontade, intensificando o desejo do rapaz.

BUMBUM BUMBUM BUMBUM
OLHA PRO LADO ANTES DE ATRAVESSAR
QUE A MINHA RABA VAI TE ATROPELAR
ATRO-PE-LAR

As gotas de suor escorriam pelo rosto de Fábio, tenso ao perceber sua incapacidade de controlar a ereção que começava a se manifestar no meio da calça. Por isso, não percebeu quando despejou as palavras no ouvido de Elizete:

— Eu moro aqui perto.

Elizete ouviu e ficou em dúvida: era só uma informação? Um convite? Ela devia aceitar? Será que uma pintinha no bico do peito valia o risco de parar na casa de um estranho que acabou de conhecer? Ele prosseguiu:

— Você quer ir embora?

— Quero!

Ela parou de dançar e se empertigou, puxando Fábio para dar dois beijinhos, mas ele recuou.

— O que foi? Falei alguma coisa errada?

Fábio ficou muito confuso... mal sabia que Elizete estava se sentindo do mesmo jeito.

— Não, ué. Você quer ir pra casa e eu vou te deixar ir.
Fábio piscou e ficou encarando a menina à sua frente.
Ele sorriu e ela repetiu o gesto.
— Mas você não quer vir junto?
Agora ela não tinha mais dúvidas, era um convite.

Elizete esperava alguma coisa melhor do que a laje, mas era melhor do que nada. Até que Fábio foi ajeitado, descolou uns edredons e dois colchonetes capazes de montar uma cama de solteiro. E qual o motivo de o casal escolher a laje? Pois bem, os dois caminharam algumas vielas por dentro da favela, Fábio guiando Elizete pela mão, como um bonito casal de namorados. Chegaram a uma porta estreita de alumínio que, ao ser aberta, revelava uma escada tão íngreme que Elizete não conseguiu evitar a pergunta:
— Você sempre precisa escalar para chegar em casa?
O som da televisão ligada na reprise noturna do programa de fofoca *Veneno do Péu* chegava até eles. Fábio deu um sorriso amarelo e uma explicação meia-boca: disse que o pedreiro tinha construído a escada daquele jeito para dar mais espaço à loja de material de construção que ficava embaixo. Fora que era um bom exercício e deixava o aluguel mais barato.
Foram os 22 degraus mais complexos da vida de Elizete, mas ela tirou o sapato, subiu descalça e os venceu. Fábio parecia acostumado, conseguia até mandar o papo furado do pedreiro enquanto escalava. Mas ainda pior que a escada era a situação da casa que surgia após ela. Debaixo de uma pilha de roupa, restos de comida, um videogame e papéis, Fábio jurava que tinha uma cama.
— Não repara a bagunça, é que acordei com pressa e não arrumei. Esqueci até a TV ligada.

Enquanto Fábio tentava organizar a bagunça do quartinho, Elizete se percebeu vidrada no programa de fofoca de Péu Madruga, o jornalista das celebridades. Com seu característico tom sensacionalista, anunciava "tensões" no noivado de Talitta Bumbum.

— Ouvi falar que o casamento dela vai custar quase cinco milhões — comentou Fábio, segurando o bolo de camisetas.

— Cinco milhões? A menina é braba mesmo, de Nova Iguaçu para o mundo — respondeu Elizete, dando uma olhada no restante do cômodo. — Como você dorme em cima dessa cama toda entulhada?

Mais uma vez a resposta foi um sorrisinho amarelo seguido da pressa de tirar uma montanha de cima da cama e tentar esconder tudo. Mas quando Elizete viu uma baratinha escapando do meio do entulho, teve certeza de que não ficaria pelada ali em cima nem por um segundo. Daí foi um grito, um desarranjo, Fábio parecendo decepcionado e Elizete aceitando a laje.

A escolha parecia ter sido acertada. Enquanto os dois se beijavam e ela arrancava dele aquela camiseta horrorosa de time, passando as mãos pelo corpo magro mas gostosinho de Fábio, uma sucessão de meteoros cruzou o céu. Eu te disse para guardar essa informação, pois então, agora é a hora de resgatá-la. Algumas vezes as rochas são tão grandes que quando entram em contato com a atmosfera se desfazem em centenas de pedacinhos luminosos, uma chuva de estrelas cadentes que provocaram suspiros tanto em Elizete quanto em Fábio.

No entanto, um fragmento de rocha resistiu ao atrito e seguiu para a superfície da Terra. Uma pedrinha minúscula, bem pequena, tão pequena que caso você pisasse nela na rua usando um tênis novo ela ficaria presa nas ranhuras do solado. Essa pedrinha caiu bem na laje de Fábio, a alguns metros do casal que a essa altura gemia alto, aproximando-se do orgasmo.

Fábio, deitado, apertava as coxas de Elizete, que, revirando os olhos, controlava o movimento de sua cintura. Ela queria mais, mas daquele jeito o rapaz não ia aguentar tanto assim, apesar de empenhado em manter a concentração. Na verdade, os dois estavam tão concentrados que não perceberam o superminúsculo verme laranja que rastejou para fora de um dos buraquinhos da pedrinha caída do espaço. A verdade é que não notariam mesmo que estivessem fazendo outra coisa que não esfregando-se mutuamente até atingirem o clímax.

A respiração ofegante, o som dos gemidos, os olhos fechados e, finalmente, o orgasmo — tudo isso em questão de segundos, tempo suficiente para a asquerosa criatura alaranjada rastejar até a lateral da cabeça de Fábio. Satisfeita, Elizete jogou seu corpo sobre o do rapaz; os dois respiravam juntos. Ela foi fazer carinho no rosto dele, e teria esmagado a criaturinha asquerosa, não fosse a velocidade com que o inseto vindo do espaço saltou da lateral da cabeça para dentro do canal auditivo de Fábio.

Assim que o bicho invadiu seu corpo, Fábio deu um apertão em Elizete. Ela não reclamou; pelo contrário, interpretou aquilo como um sinal de que ele quisesse mais. Apoiou as mãos no peito do companheiro, que ainda estava com os olhos cerrados, e o encarou. Elizete estava pronta pra mais uma.

— Vem por cima? — ela perguntou.

Fábio abriu os olhos, as pupilas dilatadas, tingidas de um laranja-néon amedrontador, o tipo de cor que não deveria existir em um corpo humano. A respiração ofegante. Elizete fez uma careta de pavor e tentou se levantar, mas já era tarde demais. Em um movimento rápido, ele segurou a mão dela, trazendo-a até a boca. Com uma única mordida, arrancou-lhe o dedo indicador, fazendo sangue banhar todo o seu corpo.

Por um instante, o grito de Elizete ecoou por toda a favela, mas logo cessou, interrompendo-se abruptamente. Mas, para um ouvido aguçado no meio da noite, seria possível notar, naquele momento, o som da mastigação apressada do zumbi número zero daquela infecção.

No alto da laje, satisfeito com o banquete, Fábio recostava-se em um canto, digerindo. De seus olhos, nariz, boca e ouvidos outros vermes alaranjados se arrastavam, espalhando-se pela noite da cidade do Rio de Janeiro.

Diamantes são os melhores amigos de uma funkeira

Talitta tinha os olhos vidrados em um diamante. As várias faces lisas e extremamente brilhantes refletiam múltiplas Talittas em um caleidoscópio de alguns milhões de reais.

— Sabe o que é mais bonito nesse diamante, Maikon?
— Hum?
— Ele me multiplica. Muitas Talittas, muitas.
— Hum?
— Não entendeu?
— Hum?
— É que eu olho pra ele e vejo um monte de mim. Seria tudo mais bonito se tivesse um monte de mim por aí.
— Hum?

Já era muito resmungo até mesmo para Maikon. Talitta tirou os olhos das suas centenas de projeções e encarou o namorado, que estava com a cara enfiada no celular, escorregando freneticamente o dedo para baixo.

— Maikon, pode largar isso e prestar atenção?
— Eu mandei uma mensagem pro Neymar.
— E daí?

— Se ele responder, eu quero responder de volta na hora.
— Mas ele nunca te responde.
— Eu já fui numa festa de aniversário dele.
— E quem não foi? Maikon, larga isso. Só a equipe oficial do nosso documentário de casamento pode ter um equipamento de filmagem aqui dentro.

Talitta apontou para o canto do ateliê onde estava reunida uma equipe de filmagem. Ela deu um sorriso, apoiando-se na arara repleta de vestidos de noiva. O casal e a equipe de filmagem já estavam havia mais de oito horas juntos naquele ateliê chique e amplo, escolhendo o vestido perfeito para o casamento entre Talitta, a maior estrela em ascensão do funk carioca, e Maikon, um jogador que deveria ser a estrela do ataque do Vasco, mas acabou emprestado ao Volta Redonda e ali ficou como reserva.

— Talitta, meu amor, é só meu celular.
— Filma?

Maikon balançou a cabeça em um gesto afirmativo, confirmando o óbvio. Talitta, com um movimento mais suave que o do noivo, deu uma ordem silenciosa aos dois homens fortes em ternos pretos e sapatos brilhantes que mais pareciam estátuas paradas em cada lado da porta. Em passos coreografados, os dois caminharam até Maikon, cercando-o. O noivo, que estava sentado, ergueu os olhos, assustado com a proximidade daquelas duas massas de músculo. Um deles estendeu um saco plástico onde estavam algumas dezenas de aparelhos de celular.

— Sério? Eu sou o noivo!

O outro, que não estava segurando o saco, soltou um grunhido baixo, mas intimidador o suficiente para fazer Maikon desligar o aparelho e acomodá-lo junto aos demais sem fazer mais perguntas. Os dois saíram e Talitta sorriu, satisfeita. Atrás da câmera, uma mulher baixa e com trancinhas curtas no cabelo falava quase sussurrando. Era a diretora do documentário da estrela.

— Talitta, isso foi ótimo. É bom esse personagem pateta dele. Pode repreender mais uma vez? — A diretora deu um sorriso para soar mais amigável.

Maikon ergueu o rosto, indignado. A diretora cutucou o câmera, apontando para Maikon e exigindo que ele não perdesse aquele take maravilhoso. O câmera obedeceu, conseguindo a imagem do rosto contrariado do jogador. Mas na frente da lente surgiu, do nada, o enorme diamante.

— É esse! Eu vou levar esse!

Talitta segurava na frente do corpo um vestido tomara que caia, imóvel diante da câmera. No centro do peito um diamante imenso, vistoso, que parecia refletir toda a luz do ambiente na lente que o filmava. Interagindo com essa mesma lente, Talitta sorriu de maneira performática e curvou-se, deixando o rosto bem pertinho da lente. Ela sabia como produzir um belo close.

— Mas vocês, minhas preciosidades, só vão ver essa beleza no meu corpinho no dia da cerimônia. Vem, vem ver aqui no meu Insta a live do evento mais esperado da década. O casamento de Talitta — ela puxou com força e graciosidade o namorado para perto — e Maikon.

Logo essa imagem ganharia alguns milhões de views na rede social. Na verdade, tudo na vida de Talitta era uma performance, inclusive o casamento. E ela gostava disso, foi exatamente esse o motivo pelo qual ela se tornou uma estrela. Mas certas performances ela preferia deixar afastadas dos olhos curiosos das redes sociais.

*

Talitta provou o vestido, os alfaiates tiraram suas medidas e marcaram os ajustes necessários. A funkeira tinha um corpo curvilíneo que lhe agradava, além da pele negra retinta sempre realçada pelas cores surpreendentes de suas tranças. No casamento, pretendia usar uma trança roxa, a cor da realeza, decorada com jades e rubis, tudo apontando para o enorme diamante no centro do vestido.

Maikon passou pelo mesmo ritual, teria seu terno alinhado para a cerimônia de casamento. O rapaz tinha o cabelo crespo cortado curto, bem aparado na base. Brinco na orelha, lente nos dentes, que transformavam seu sorriso em um verdadeiro holofote de luz azulada. O corpo tinha uma boa composição muscular, e Maikon orgulhava-se do conjunto formado pelo peitoral e o abdômen tanquinho, formando aquela deliciosa marquinha que ia do cós até o início da virilha — tudo muito bem sustentado por um belo, forte e torneado par de pernas, capazes de um chute potente, mas, para o seu azar, poucas vezes certeiro.

Talitta já estava novamente com sua roupa original, e despedia-se da equipe de filmagem quando a agenda do celular a alertou sobre o próximo compromisso. Na tela, uma única palavra: Kaolho. Ela rapidamente dispensou a equipe de filmagem, os alfaiates e a dupla de seguranças, ficando sozinha com Maikon em meio àquele universo de trajes de gala. Lançou um olhar maroto em direção ao noivo.

— Kaolho? — Maikon perguntou, captando as terceiras intenções no olhar da companheira.

Talitta mordeu o lábio — sempre que ela mordia o lábio, era o Kaolho. E sempre que era Kaolho, Maikon ficava muito animado, em êxtase, chegando a dar pequenos pulinhos na frente da companheira.

— Talitta, por favor, liga a câmera dessa vez?
— Jamais. Posso até colocar no viva voz. Mas nada de imagem.

Era difícil para Maikon entender essa dupla personalidade da noiva. Havia momentos em que tudo tinha de ser gravado, documentado, postado, enquanto outros deviam ficar restritos, escondidos a sete chaves. O pior de tudo é que ele tinha a impressão de que esses eram exatamente os momentos que ele gostaria de rever. Mas não tinha muito do que reclamar: Talitta era boa com ele, carinhosa do seu jeito e, acima de tudo, lhe garantia alguma visibilidade. Certa vez ele até recebeu uma proposta de um time chinês por ser noivo de Talitta. O problema é que a própria funkeira vetou a ida de Maikon: ela não queria se casar com um noivo que morava na China. Maikon deu razão a ela e continuou no Voltaço.

— Tudo bem, mas não esquece. Me liga!

Um beijinho, bolsa, documento, chaves do carro e partiu Kaolho.

O ar-condicionado digital da SUV guiada por Talitta marcava dezesseis graus, vinte e três graus menos do que a sensação térmica do lado de fora. Mas só assim para Talitta tolerar a quantidade de panos que cobria o seu corpo. Precisava se esconder, esconder o rosto, os braços, o bumbum, tudo que pudesse mostrar que ela era ela. Até mesmo o carro era alugado para aquela ocasião. Encontrar Kaolho era uma tarefa difícil.

Kaio Kaolho era um youtuber famoso, comentarista de games, filmes, música, política e uma miríade de assuntos que conhecia em um nível suficiente de mediocridade para vídeos de quinze minutos de duração. Mas não era exatamente esse lado de Kaio que interessava Talitta, mas, sim, o lado capaz de lhe provocar orgasmos.

A verdade é que, depois de um tempo, começou a ficar difícil gozar transando com Maikon. Na cama ele era ainda mais preguiçoso do que nos treinos de finalização, e, após o noivado, uma certa garantia que as relações sacramentadas por anéis nos dedos têm fez Maikon se acomodar mais ainda. O cúmulo foi ele ter preguiça de se movimentar, usando a desculpa que já tinha feito bastante esforço erguendo seu mastro.

Mastro? Menos, Maikon, menos. Talitta achava gostosinho, na média, mas muito longe de ser um mastro. E, se fosse, não seria bom. Bem, nesse período surgiu Kaio Kaolho, que de repente virou a chave para o seu prazer. E naquele momento, nervosa com sua cerimônia de casamento, Talitta definitivamente precisava dar uma boa relaxada.

A casa tinha uma garagem com entrada direta para a sala. O ritual era demorado: Talitta entrava e Kaio já estava sentado no sofá. Os dois permaneciam em absoluto silêncio enquanto ela verificava todos os cantinhos do cômodo certificando-se de que não havia nenhum aparelho escondido, câmera, microfone, celular ou o que quer que fosse. Depois conferia as portas e o monitor sobre a estante, que mostrava as imagens das câmeras de segurança internas e externas. Não tendo ninguém por perto, ela se dava por satisfeita, e só então se beijavam. Mas aí era beijão, dos grandes, intenso. Logo as mãos deslizavam uma pelo corpo do outro, buscando toques que fizessem a pele tremer.

Ofegante, Kaio logo começou a deslizar a língua pela pele macia e cheirosa de Talitta. Se enrolou bastante para tirar todas aquelas roupas do disfarce de cima dela, o que quebrou levemente o clima, mas finalmente encontrou seu clitóris. Assim que tocou os lábios, Kaio se sentiu enrijecer, e Talitta suspirou.

— Coloca uma música.
— Mas eu nem come...
— Coloca uma música!
Kaio sempre obedecia Talitta. Logo começou a tocar um funk da própria Talitta, baixo, volume ambiente. Enquanto Kaio estava de costas, ajustando o som, Talitta pegou, com toda a discrição que o mundo lhe deu, o celular e, com um único toque, discou o número de Maikon, deixando o aparelho ao lado da perna com a tela voltada para baixo. Dançando no ritmo da batida, Kaio voltou a ela com sua boca quente.

Deitado na cama só de cueca enquanto jogava PES, Maikon deu um salto e jogou longe o controle sem fio quando viu na tela do celular o nome de Talitta. Ele atendeu e, sem dar nenhum pio, escutou atentamente os gemidos da noiva. Maikon não só gostava, ele amava, aquilo o deixava mais excitado do que ficaria se o corpo dela estivesse ao seu lado. Não demorou muito e ele estava passando as mãos pelo próprio corpo, se tocando, batendo loucamente enquanto ouvia os gemidos graves de Talitta com outro.

— Gozou, Talitta?

No meio do orgasmo, Talitta se interrompeu, ríspida, engolindo em seco.

— Scarlet. Meu nome é Scarlet.

Kaio fez uma cara de quem não estava entendendo nada. A verdade é que Talitta tinha medo de que, do outro lado, o noivo estivesse gravando a ligação, e, se o áudio tivesse o seu nome, seria um problema e tanto caso vazasse. E Talitta tinha mesmo motivos para temer: do outro lado da linha, com a barriga suja do seu próprio esperma, Maikon encarava na tela do celular o botão de gravação ativado.

Um segundo de paz

Pedro Alcântara Lopes, mais conhecido como Péu, se formou em Comunicação pela Universidade Federal do Rio de Janeiro. Seu trabalho de conclusão de curso foi aclamadíssimo, uma monografia exemplar sobre as transformações da obra de arte na era da hiperreprodutibilidade técnica. Alguns chegaram a apontar como uma muito bem-feita atualização nos escritos de Walter Benjamim. O caminho de Pedro parecia traçado: mestrado, doutorado, alguns livros baseados em suas dissertações e uma vida de sucesso como um pensador acadêmico, dando aulas e palestras.

Mas alguma coisa mudou quando ele precisou pagar seu primeiro boleto assim que saiu de casa. Muitas vezes a vida acadêmica não é uma ferramenta exatamente boa para pagar contas. Péu foi contratado por uma emissora de televisão e ali revelou um segredo que poucos na universidade conheciam: Pedro era noveleiro, viciado na vida de celebridades, conhecedor dos detalhes sórdidos por trás das estrelas. Isso, aliado a sua capacidade de comunicação, o transformou no apresentador de maior sucesso televisivo das tardes brasileiras: *Veneno do Péu*.

Naquele momento, Péu estava assistindo com o olhar distante, desinteressado e a expressão séria ao final da matéria sobre a escolha do vestido de Talitta, a Garota Bumbum. Dentro da cabeça de Péu, passou uma breve memória de quando ele e Talitta eram vizinhos em Nova Iguaçu, na Baixada Fluminense. Um passado tão distante que quase parecia uma lembrança de outra vida.

— Vamos entrar em trinta.

A voz do produtor trouxe Péu de volta ao presente. Ele suspirou e se empertigou na cadeira, fez alguns exercícios vocais e começou a ouvir a contagem.

— No ar.

Essas duas palavrinhas transformavam Péu em outra pessoa. O olhar perdido, distante e a expressão séria davam lugar a um corpo que se movia expansivamente, mãos que gesticulavam de um lado a outro no ar e uma cabeça que balançava a cada palavra saída de sua boca.

— Vocês já estão sabendo que a Garota Bumbum vai casar? Ca-sa-reee. Mas agora olha ela, toda feliz, toda orgulhosa com o seu vestido de diamante. Uma pedrinha dessa aí compra minha casa dez vezes? Compraaa. Compra a sua casa trinta vezes? Compraaaa, porque se eu sou pobre, você tá na fila do auxílio, filha. Agora compra caráter? Pelo visto não, porque Talitta Bumbum continua a mesma de sempre. Temos imagens exclusivas com o pessoal dela usando os seguranças para controlarem o celular do noivo. Eu e meu marido Gabs não vemos o celular um do outro, quer dizer, às vezes ele me mostra os nudes que ele recebe, mas isso é segredinho nosso, tá, Gabs?

O bico enorme de Maikon tomou toda a tela logo depois dele ter entregado seu aparelho para um dos seguranças brutamontes. Enquanto as imagens se repetiam, Péu espremeu até o tutano do assunto, fazendo questão de pintar Talitta como uma mulher possessiva e controladora, além de chegar a diversas conclusões sem fundamento sobre o motivo dela controlar o celular do noivo.

O tempo cada vez mais reduzido do *Veneno do Péu* terminou, as luzes do estúdio se apagaram e Péu suspirou, retomando o semblante soturno e fechado. Com a calma do cansaço, Péu juntou todas as suas anotações sobre a mesa, as colocou organizadas dentro de uma pasta transparente e saiu do estúdio sem dar uma palavra a quem quer que fosse, como sempre, mas naquele dia o produtor resolveu falar com ele.

— Péu, com P de péssimo.

Ele era esse tipo de pessoa, o produtor executivo, que faz trocadilhos com a primeira letra do nome das pessoas. Péu nunca tinha visto um exemplar humano daquela estirpe, mas ali estava ele, com P de puxa-saco do dono do canal. Péu riu da piada que aconteceu apenas dentro da sua cabeça.

— Tá rindo de quê, Péu? O programa vai de mal a pior, aqui quem manda é o olho do público. Se não tem público, não tem olho, não tem anunciante e não tem salário pra você no fim do mês.

— Tudo isso pra me demitir?

— Tudo isso pra te dizer que ou você consegue logo um daqueles furos incríveis capazes de colocar um casamento real no chinelo, ou vai, sim, pra rua.

Péu era famoso por sempre conseguir fofocas quentíssimas. Principalmente quem estava corneando quem e com quem. Na maioria das vezes, tudo o que ele precisava era ir numa festa e observar: Péu tinha a incrível habilidade de ler as relações entre as pessoas, farejava no ar o cheiro do sexo que dois corpos emanam quando estão juntos. No dia seguinte, bastava dar o furo, sem prova nem nada. Ele sabia que era verdade e, em todos os casos, sempre acabou se mostrando verdade mesmo. Quer dizer, ninguém nunca negou.

Mas Péu estava cansado disso, cansado de festa e de ficar farejando sexo extraconjugal em ambientes regados a álcool e com música capaz de estourar os tímpanos. Queria ficar na sua casa, comer uma comida boa e ver filmes em paz. Quem sabe até voltar a ler um livro de teoria da comunicação?

— Péu, você tá me ouvindo? Eu tô falando pra me arrumar uma fofoca ou ser demitido.

Mas Péu não estava ouvindo. Só concordou, acenou e conferiu na tela do celular a mensagem de Gabs, seu namorado, avisando que estava esperando do lado de fora no carro do Uber. Gabs não falou "amor". Devia estar puto com alguma coisa. Péu suspirou e pensou que não seria nesse encontro que teria sossego.

E não teve sossego mesmo. Gabs era dez anos mais jovem, com dez vezes mais energia, dez vezes mais certezas e, principalmente, dez vezes mais insistente. Quando Péu estava chateado com alguém, ficava quieto, mas Gabs, por outro lado, falava, falava, falava incansavelmente. Repetia até a exaustão a sua queixa e, àquela altura, depois de apenas três minutos juntos no banco traseiro do carro, Péu já sabia de cor que Gabs estava extremamente chateado, triste e desapontado por ele ter dito no ar que Gabs compartilha com ele os nudes que recebe no Grindr.

O namorado repetiu isso por mais dois quilômetros, até que deu sede. Para sorte de Péu, os áureos tempos dos carros de aplicativo ficaram para trás, nenhum deles tem água como cortesia. Para recuperar a saliva, Gabs precisou ficar em silêncio tempo suficiente para Péu conseguir um segundo de paz, inconsciente do caos que logo encontraria em sua casa.

Bumbum bumbum bumbum

A sorte de Kaio era sua musculatura bucal habilidosa o suficiente para levar Talitta ao orgasmo — se dependesse de sua capacidade de manter uma conversa, o caso teria implodido logo após aquela primeira noite de putaria no *dark room* da Farofa da Gkay.

Espalhado como um polvo na cama king-size e suado após o sexo iniciado na sala e finalizado no quarto, Kaio deslizou a ponta dos dedos pelo corpo nu da amante, tagarelando sobre um novo campeão de LOL, ou fosse lá qual fosse o tema do seu próximo vídeo.

Enquanto o piroca de ouro falava, Talitta rolava sua agenda no celular, verificando o próximo compromisso do dia. Foi interrompida por uma mensagem de Mari, sua assistente pessoal: *dá uma olhada nisso. Namastê* ✨ seguida por um vídeo com um trecho do *Veneno do Péu* daquela manhã.

Talitta deixou escapar um risinho de deboche frente à estapafúrdia matéria. Só podia ser sacanagem, virar notícia por ter confiscado o celular do noivo? Em meio a artistas tatuando a bunda no Only Fans e políticos gastando dinheiro público pra aumentar o tamanho do pau, Péu tinha apelado para sua prova de vestidos?

Apesar do desdém, seu estômago revirou. Se, anos atrás, quando Talitta ainda confiava na víbora, não tivesse testemunhado o momento em que o fofoqueiro apagou todos os seus áudios comprometedores, ela não teria um único dia em paz.

Como vocês perceberam, os dois minutos de *Veneno do Péu* foram suficientes para trazer o estresse pré-orgasmo de volta ao corpo da cantora. Ou seja, um round 2 seria mandatório antes de voltar ao mundo real. Se Kaio fosse ágil, ainda dava tempo para uma rapidinha sem a presença virtual de Maikon. Talitta sentiu o mamilo arrepiar diante da perspectiva de um repeteco, dessa vez sem a intrusão do noivo.

Não que nossa heroína não gostasse da brincadeira. Veja bem, no início a ideia do namorado bater punheta enquanto a ouvia transar com Kaio fazia do sexo uma experiência visceral. A mudança revitalizou o namoro, um relacionamento que já estava tão animado quanto um filme brasileiro de circuito limitado. Durante as aventuras com Kaio entreouvidas por Maikon, noções de certo e errado se confundiam em uma grande explosão de prazer.

Mas a parte divertida já estava ficando para trás.

Ultimamente, quando Talitta transava tendo o noivo como ouvinte, seus pensamentos caíam em uma espiral de ansiedade insana que culminava sempre no mesmo ponto: o apocalipse da sua carreira.

Como diria a pensadora contemporânea Pepita, se coloca no lugar dela por cinco minutos:

O que aconteceria se Maikon gravasse as chamadas de Talitta, tivesse o celular hackeado e a Garota Bumbum visse seus gemidos espalhados por toda a internet? E se ela virasse a dona do gemidão do zap 2.0? Ou se Kaio descobrisse que, na verdade, sua amante não era tão amante assim e seus gritos antes de gozar estavam sendo reproduzidos por um jogador de futebol tarado e fetichista do Volta Redonda? Volta Redonda! Se Maikon ao menos jogasse no Vasco...

Uma paranoia seguia a outra, e, com o casamento se aproximando, a ansiedade só piorava. Se casar já era estressante, fazer da ocasião um acontecimento público enquanto escondia o fetiche de corno do noivo era tarefa de camicase.

Pra piorar, Talitta cantava músicas sobre empoderamento e sexualidade. Porra, ela era a Garota Bumbum! A primeira de seu nome, a temida herdeira das mulheres-frutas, a esperada discípula das Garotas da Laje, a quarta Boneca Gostosa, a paladina do direito das mulheres transarem como e com quem quiserem! E ali estava ela, fazendo o que não queria só para agradar o noivo.

Ao lado de Talitta, Kaio Kaolho seguia no lenga-lenga sobre LOL, alheio à sua viagem reflexiva. Que diabos tinha esse jogo para se tornar o assunto principal do moleque depois de uma gozada?

Talitta calou a boca do rapaz com um beijo e, suave como um vulcão, espalmou a mão na cabeça de Kaio, empurrando-o para baixo.

— Você tem cinco minutos — disse a funkeira, checando seu smartwatch.

Kaio desceu em Talitta. Um pequeno espasmo fez seu corpo tremer e ela finalmente sentiu a tensão deixar os músculos. Nada como um homem em silêncio.

Com o rosto enfiado entre as coxas torneadas da funkeira, ele se dedicava, lambuzado e determinado a concluir a missão enquanto Talitta se contorcia de prazer, agarrada aos lençóis da cama. Mas os gemidos não abafaram o sonoro e animalesco ronco que invadiu o quarto. Todos os pelos sobreviventes às sessões de depilação a laser de Talitta se arrepiaram.

— Que porra é essa?
— Prefere os dedos?

Talitta levantou em um salto, acidentalmente acertando um chute na cara de Kaio. Gemendo de dor, o youtuber levou as mãos ao nariz sangrento. Talitta não pediu desculpas, e, enrolada no lençol, correu pelo quarto à procura da origem do barulho. Olhou debaixo da cama, abriu gavetas e armários, mas não encontrou nada além de maconha mofada e pacotes de camisinha néon.

Na cama, Kaio protestava, implorando para ela voltar ao ninho de amor. Fazendo uma careta de nojo, Talitta contemplou a imagem do amante: um homem de 1,83 m com uma cueca enfiada no nariz sangrando.

— Você não vai me chupar assim.
— Ah, bebê, quando você tá menstruada eu...

Para a nossa sorte, a fala de Kaio foi interrompida pelo retumbante ronco. Talitta seguiu o som até a ampla janela do quarto e espiou pela fresta da cortina. O arrepio tornou a serpentear seu corpo quando viu uma garota parada na frente da casa.

À primeira vista a menina parecia normal, nos seus dez ou onze anos, vestindo um lookinho de babados perfeito para a Maísa da época do *Bom Dia & Cia*. Contudo, quanto mais Talitta se detia na imagem, mais calafrios sentia.

Pra começar, a garota estava imóvel. Seus bracinhos pareciam grudados ao tronco e o pescoço se entortava como se espiasse por trás da parede em uma macabra brincadeira de pique-esconde. Já a boca escancarava um sorriso que faria o do Coringa protagonizado por Jared Leto parecer tão sutil quanto o da Monalisa. Mas o verdadeiro pavor estava nos olhos. Gigantes, esbugalhados e tingidos de uma cor pouco natural, flutuavam no rosto pálido como duas bolas laranja-néon, olhos atentos, olhos de um animal faminto, ou melhor, de um diretor de cinema viciado em drogas sintéticas.

A menina dilatou as narinas, farejou o ar e virou o rosto na direção de Talitta. Apesar da distância, encarou o olhar apavorado da funkeira. Então escancarou ainda mais a bocarra e, tragando o ar ao redor, emitiu outro sonoro ronco.

Talitta se jogou no chão.

Engatinhando, percorreu o quarto, catando suas roupas e pertences.

— Levanta, benzinho, para com isso — insistiu Kaio, ainda usando a cueca pra estancar o sangue do nariz

— Eles sabem que eu tô aqui!

— Eles quem?

— Eles, Kaio! A mídia, paparazzi, sei lá!

Como uma tartaruga virada de cabeça para baixo, a mulher se vestia na horizontal, colocando com dificuldade as longas peças do disfarce.

— Mas a cortina tá fechada.

— E sabe-se lá que tipo de câmera esse pessoal tem? Eu vi aquele filme com a Bella, precisaram costurar a cortina da coitada! Eu sei do que esse povo é capaz.

— Bella?

— A vampira do *Crepúsculo* que virou a Princesa Diana. Tu é bem desinformado pra um youtuber, hein.

Completamente nu e sob os protestos de Talitta, Kaio foi até a janela, abriu as cortinas e deu de ombros.

— Você tá vendo coisa.

— Tô! Tô vendo um porco com a cueca cagada de sangue no nariz!

— Não, sério, não tem ninguém. Olha.

Agachada, Talitta se arrastou até o parapeito. A menina tinha sumido.

Mas Talitta não teve tempo de respirar aliviada. Outra vez o ronco soou, dessa vez ainda mais intenso, mais próximo.

Ah, mas Talitta não pagaria pra ver! Com o coração na garganta e as vestes no corpo, ela agarrou a bolsa e correu para as escadas, pulando de dois em dois degraus. Kaio foi em seu encalço, o nariz machucado sujando os degraus de sangue enquanto o pau balançava de um lado para o outro.

— Pra que esse exagero? — Kaio segurou o braço de Talitta

— Você não entende, né? — rebateu Talitta, desvencilhando-se do aperto do youtuber.

— O quê?

— O quanto eu tô fudida se descobrirem a gente!

— Ninguém vai...

— Pra você é tranquilo, playboy! Vai ganhar fama de comedor, o nerdão incel macetando a Garota Bumbum. Mas parou pra pensar no que acontece comigo?

— Você é chamada pra um reality show?

— Só depois de meses! E, mesmo assim, no máximo pra Fazenda! Antes disso eu vou ser crucificada, chamada de puta, perder contratos e gravar stories sem maquiagem ou

com filtro de cachorrinho, usando roupa branca e falando "quem me conhece sabe".
— Há?
— Ai, só me dá licença!
Talitta saltou os últimos degraus da escada, cruzando a cozinha em direção à garagem. Enquanto corria, arrancou de dentro da bolsa uns óculos escuros e uma peruca loira. O disfarce mirava na Pabllo Vittar, mas acertava na Nazaré Tedesco. Incansável, Kaio seguiu a amada.
— Quando você volta? Hein? Eu não consigo ficar longe de você! — perguntou, colocando-se na frente da funkeira.
Mais uma vez o ronco soou.
— Acabou. Eu tô cansada. Tenho um casamento pra cuidar, foi um erro vir aqui!
— Tipo, acabou pra sempre? — perguntou Kaio, ainda bloqueando a passagem. — Depois de todo esse tempo?
— Não sei se pra sempre, mas...
— Nem se eu deixar você brincar com o meu brotinho?
— Oi?
— Meu brotinho, amor. Lembra? Uma vez você pediu pra...
— Isso foi antes de você usar a sua cueca como guardanapo e chamar seu cu de brotinho. Agora dá licença!
Mas ele não saiu de onde estava, pelo contrário, continuou parado na frente de Talitta, os braços cruzados como uma criança birrenta.
— Quem você pensa que é pra falar assim do meu brotinho?
— A dona de uma raba assegurada em três milhões! Me deixa passar.
— Não. Não até você...

Foi quando Talitta fez o mais indicado nesse tipo de situação: agarrou as bolas dele e as espremeu.

— Piranha!

Berrando, Kaio se jogou no chão, enrodilhado como um bebê que cresceu demais. Talitta entrou no carro e deu a partida, mas a porta da garagem estava abaixada.

— Abre essa merda! — gritou Talitta.

Choramingando, o youtuber vociferou de onde estava no chão:

— Você não tem o direito de brincar com meu coração!

O ronco gutural tornou a soar. Talitta não esperou pela boa vontade de Kaio: ela acelerou e o carro foi com tudo ao encontro do portão da garagem, que, com o impacto, empenou. Mas Talitta não se deu por vencida.

Atrás do carro, Kaio berrava em desespero para que ela parasse com aquela loucura. Talitta deu a marcha a ré e novamente acelerou. Com um estrondo, a entrada da garagem foi arregaçada.

Kaio correu até ela. Talitta tirou os óculos escuros e penetrou o olhar no ex-amante.

— Você nunca mais vai chamar uma mulher de piranha.

— Mas é o que você é! Anda por aí mostrando a bunda e agora quer pagar de boa moça?

Talitta tirou os óculos escuros e olhou o ex-amante de cima a baixo. Depois de alguns segundos, perguntou:

— Tu sabe quem é a Rainha Vermelha?

— Quê?

— É minha parceira. Ela coleciona cabeças. Exótico, né? — disse, apontando para a virilha desnuda de Kaio. — Coloca meu nome na sua boca mais uma vez que na mesma noite ela te faz uma visitinha.

Talitta esticou o tronco, repousou um selinho na boca de Kaio e partiu. Atordoado e ignorando a própria nudez, o youtuber correu atrás do carro da amante.

— Sua bunda é superestimada! Garota Bumbum do Inferno!

Já distante e sem nenhum sinal do ronco pavoroso ou da menina de olhos laranja, Talitta respirou aliviada e ligou o rádio do carro.

— Puta que pariu!

O coração acelerou ao reconhecer a batida do funk. Em seguida, a sua voz. Era ela! Aquela era a sua música, tocando na maior estação do Brasil. Talitta gargalhou e, eufórica após o pico de adrenalina, aumentou o som até o volume máximo.

GAROTA BUMBUM - BUM-BUM-BUM-BUM-BUM
EU SOU A GAROTA BUMBUM - BUM-BUM-BUM-BUM
BUM-BUM-BUM-BUM-BUM-BUM

Talitta abaixou a janela, entoando seu batidão a plenos pulmões enquanto o vento balançava sua peruca vagabunda.

Aos 26 anos, ela conseguiu. Sua música viralizou no TikTok e tocava sem parar nas rádios, a Garota Bumbum estava em todos os lugares e ninguém — ninguém — ficaria no caminho dela: muito menos um youtuber com menos de 10 milhões de inscritos ou um fofoqueiro falido.

BUMBUM-BUMBUM-BUMBUM-BUMBUM
OLHA PRO LADO ANTES DE ATRAVESSAR
QUE A MINHA RABA VAI TE ATROPELAR
ATRO-PE-LAR

Divertindo-se, Talitta acelerou, cantando o próprio hit como se estivesse em um de seus shows.

PORQUE SOU A GAROTA BUMBUM - BUMBUM - BUMBUM - BUMBUM
GAROTA BUMBUM - BUMBUM - BUMBUM - BUMBUM

Morto-vivo vivo-morto

Desolado, Kaio voltou para casa, uma mão tampando o pau e a outra, o brotinho. Ele entrou pela garagem, a porta destruída pelo carro de Talitta, sacou o celular, abriu o Instagram e acessou sua conta fake, a mesma que usava para atacar perfis anônimos que criticavam os seus vídeos. Com os dedos trêmulos pela raiva que tomava seu corpo, foi até o perfil de Talitta e, de post em post, deixou comentários xingando a funkeira.

Ridícula! Ele podia ser um homem cis, hétero, branco, rico e padrão, mas tinha um coração, que acabara de ser cruelmente devorado pela diabólica Garota Bumbum. Despejar ódio anonimamente em comentários de fotos antigas era seu dever.

Com os olhos vidrados no celular e os dedos digitando furiosamente, Kaio demorou alguns segundos até perceber a figura grotesca que rastejava por sua escada. Na verdade, ele só ergueu os olhos da tela em sua mão quando a criatura roncou. O celular deslizou por entre seus dedos, espatifando-se no chão. Aquela visão era tão absurda que Kaio não conseguiu se mover, como se seu cérebro estivesse drenando toda a energia em seu corpo na tentativa de atribuir algum sentido àquilo.

À sua frente, algo que um dia fora uma menininha deslizava a língua gangrenada pelos degraus da escada. Extasiada, lambia as gotas de sangue com avidez, estalando os lábios vermelhos em uma imagem que faria a Samara parecer a Taylor Swift. Seus olhos laranja-néon se fixaram no homem à sua frente, fazendo Kaio engolir em seco. De seu nariz machucado pingou uma única gota de sangue, e imediatamente as narinas da menina dilataram, farejando o odor metálico de sangue fresco.

— Vo-você quer um autógrafo?

A menina urrou, Kaio correu. Com um salto, a criaturinha lançou-se sobre ele, aterrissou nas suas costas e cravou as unhas nos braços, prendendo-se à pele do youtuber como um carrapato de Chernobyl.

Em pânico, o rapaz tropeçou nas próprias pernas, colidindo contra a parede. O corpinho franzino da garota bateu com força contra o chapisco do muro estilizado, mas o impacto não a incomodou, o choque só a fez escancarar a boca e cravar os dentes no ombro musculoso do youtuber.

Berrando de agonia, Kaio agora se lançava contra as paredes e móveis da sala, tentando arrancá-la de si. Desorientado pela dor excruciante, o homem movia os braços atabalhoadamente, incapaz de alcançar a peste meio viva e meio morta grudada em sua carne. A demônia seguia plena em sua refeição, arrancando e engolindo nacos de carne do corpo dele.

A dor era tamanha que Kaio já não pensava direito quando avistou o estilete jogado sobre a bancada do seu videogame, item usado para abrir os pacotes de mimos que diariamente chegavam. Ele não se renderia, assim como seus campeões de LOL: lutaria até o último segundo por sua vida.

Ele se arrastou até o objeto, determinado a apunhalar a menina nas costas. Kaio segurou o estilete com as duas mãos, mordeu os lábios e afundou a lâmina no corpo. No seu próprio corpo. Com uma agilidade surpreendente, a menina zumbi saltara para longe no mesmo instante em que viu o brilho da lâmina vindo ao seu encontro, só para, segundos depois, retornar às costas ensanguentadas de Kaio. Sua língua putrefeita penetrou o rasgo na pele, sugando o sangue como quem bebe um refrigerante.

Naquele ponto da tragédia, de branco, Kaio já estava vermelho. Do pescoço para baixo, ele estava coberto pelo sangue que escorria dos buracos em sua pele, um queijo suíço humano. Mas o golpe de misericórdia veio quando a criaturinha enfiou a boca no crânio do pobre coitado. Kaio se esgoelou em um lamento. A dor começava a levar toda a sua consciência embora. A morte estava próxima e fedia a sangue e cáseos amigdalianos.

Em uma tentativa derradeira e desesperada pela sobrevivência, Kaio agarrou os cabelos da menina. Respirando fundo, ele concentrou no próprio punho o que restava de vida dentro de si e puxou. A zumbizinha não saiu do lugar, mas o mesmo não pôde ser dito de seu couro cabeludo, a placa de carne com cabelo voou pela sala e, escalpelada, a menina continuou a devorá-lo, alheia à perda da sua cabeleira. Aquele fora o canto do cisne de Kaio Kaolho, seu fatale deu terrivelmente errado.

Devorado vivo, o pobre rapaz agora só ansiava pela morte, o doce momento em que sua pele e seus músculos deixariam de ser arrancados do corpo. Já próximo de perder qualquer traço de vitalidade, Kaio atirou-se contra o seu bem mais precioso: a televisão de LED de oitenta e cinco polegadas de onde fazia os seus streamings. Com o impacto dos corpos, o aparelho espatifou-se no chão, e, enquanto caíam, Kaio e a pequena zumbi foram dilacerados pelos pedaços de vidro da tela.

Kaio Kaolho chegou morto ao chão.

Presa sob o cadáver do youtuber, a pequena assassina se debateu por alguns segundos, mas não conseguiu sair de onde estava. Resiliente, continuou se alimentando, roendo e mastigando nuca, orelhas e os demais membros ao seu alcance. Quando se deu por satisfeita, a glutona tornou a emitir seu ronco característico, mas dessa vez o som veio acompanhado de algo a mais.

Como adolescentes correndo para pegar a grade em um show de K-pop, uma torrente de vermes alaranjados jorrou das narinas e dos ouvidos de Kaio, espalhando-se sobre o cadáver esburacado. Um por um, os vermes néon adentraram o rapaz, penetrando todos os seus orifícios. Segundos depois, todas as criaturas já tinham desaparecido.

A boca do morto escancarou. Tal qual um bebê chorando após o parto, Kaio inspirou e emitiu seu primeiro ronco que foi ouvido por todo o quarteirão. Em seguida, ele arregalou os olhos, laranja-néon e mortos como os restos de sua carne entre os dentes de sua pequenina mamãe-zumbi.

Depois de morrer, Kaio estava vivo. Quase vivo. Vivo e morto.

Ele se levantou e, junto com sua minimamãe-zumbi, cambaleou para fora da mansão ao som dos gritos e urros das transformações que já tomavam conta de toda a sua rua.

A FOFOCA DO ANO

Péu serviu uma dose de gim, salpicou uns anises-estrelados para dar uma graça na bebida, se jogou em sua poltrona favorita e ligou a televisão no canal de reprise de novelas. Então deu um longo gole no drinque e estalou os lábios, saboreando o gosto do entretenimento fácil após a manhã apocalíptica no trabalho. Aquilo era tudo de que precisava para a sua higiene mental: álcool e telenovelas.

Para além do som na TV, o apartamento estava mergulhado em um silêncio atípico: Péu nunca ficou tão grato pelo demorado *leg day* de Gabs. O namorado já estava na academia havia mais de uma hora, muito provavelmente mamando algum bombado careca no vestiário da Smart Fit (bombados carecas à *la* Vin Diesel eram sempre os favoritos de Gabs).

Na novela, um personagem gay era humilhado pela chefe. Interpretado por um homem hétero, a figura estava ali para ser motivo de chacota e piada, chamando a patroa de "Rainha das rainhas soberanas" e "Madonna brasileira". Sério? Madonna brasileira? Em pleno 2022, eles ainda tinham coragem de repetir um estereótipo tão brega, problemático e deprimente na TV?

Mas é claro que tinham! Repetiriam e renovariam aquela caricatura quantas vezes fosse necessário. O gay folclórico era o personagem perfeito, o LGBTQIA+ palatável ao humor da família tradicional brasileira, amante desse "povo animado", como muito bem rotulado pela atemporal MC Melody.

Assim como ele.

Péu desligou a televisão, quase quebrando o botão do controle remoto, abriu o aplicativo do YouTube no celular e procurou pelo próprio nome. Clicou no primeiro vídeo, o registro da filmagem de *Veneno do Péu* daquele mesmo dia. Arrancando a pelezinha da unha com a boca, assistiu ao primeiro minuto.

Realmente, ele não ficava muito atrás da gay na novela. Das piadinhas homofóbicas entoadas pelos apresentadores héteros, que ele recebia com uma risada forçada, até as roupas escandalosas o suficiente para fazer rir, mas normativas demais para não chocar. Péu, assim como Frô, o detestável gay da novela, não passava de uma caricatura aos olhos do público.

Disposto a jogar a autoestima em um valão, ele quebrou a regra número um do manual de sobrevivência na internet e leu todos os 28 comentários do vídeo. O fofoqueiro atacava freneticamente o sabugo do dedo enquanto seus olhos passavam pelo chorume digitado: dos gen z abolicionistas de gênero criticando-o por ser uma "gay tóxica" até eleitores da extrema direita entoando ameaças de morte, passando pelas donas de casa heterossexuais reproduzindo seus bordões, Péu Madruga era a reencarnação da caricata bicha fofoqueira na televisão brasileira.

E assim Péu caiu no buraco da obsessão pelos haters, se alimentando de cada crítica e xingamento que poderiam ser resumidos a: ele era uma gay tóxica, machista, barrada de Wakanda, afro-oportunista, fofoqueira fadada ao esquecimento e com uma harmonização facial malsucedida.

Bufando, completou a taça com outra dose. Ele teria bebido tudo de uma vez em um longo gole se o celular não tivesse tocado na hora, fazendo-o engasgar com o líquido. Ainda tentando voltar a si, com a garganta ardendo e os olhos molhados, atendeu a chamada de seu produtor.

— Fa-fala, Marcos.

— Olha, Péu, não tem jeito fácil de dizer isso, então vou direto ao assunto.

— Ai, meu Deus, você tá saindo da emissora?

— Não. Você tá.

Péu foi tomado por uma crise de tosse que lhe tirou ainda mais o ar. Horas atrás recebera um aviso, mas ser dispensado assim, sem a chance de apelar para um *rebranding* ou para uma história triste de doença na família? Sem inventar uma notícia sobre alguma ex-vice Miss Bumbum? Logo agora, após a sua superficial, porém verdadeira, epifania sobre a instrumentalização da sua imagem pela grande mídia?!

— Eu achei que...

— Eu também, Péu. Eu também. Tu sabe, eu gosto de você, mas hoje eles conversaram com um rapaz e o cara é exatamente o que o canal precisa. Tá ligado? Linguagem jovem, antenado nas fofocas dessa galera da internet, de tikoteko, tá ligado? Gkay, Pôncio, aquela tal de Cardi... essas confusões que o pessoal da nossa idade não consegue acompanhar.

— Da nossa idade?

— Tu já é ... como é? Cucura? Isso! Tu tá cucura, né, Péu. Os caras querem sangue novo.

— Cacura.

— Isso. Cucura.

— Cacura. É Ca-cura.

— Hã?

— Enfim! Não tem nada que eu possa fazer? Quando ele começa?

— Em off, o novo apresentador pediu 48 horas para analisar o contrato.

— E se eu tiver uma exclusiva? Hein? E se eu tiver o maior furo da história do *Veneno do Péu*?

A porta do apartamento abriu e Péu se distraiu frente à imagem de Gabs sem camisa, suado e exibindo o peitoral definido.

— Não sei, Péu, os executivos...

— Marcos, presta atenção. É a Talitta. Você sabe que eu sempre tenho coisa exclusiva da Talitta, ela foi minha amiga de infância. Essa bomba vai ser a fofoca do ano. P de Perfeito para salvar a audiência! P de pode confiar.

O produtor suspirou do outro lado.

— Tem certeza?

— Tenho. É minha última chance. Se não salvar a audiência do programa você pode me descartar, me jogar na rua da amargura sem ouvir nenhuma reclamação.

— Me encaminha o material.

— Eu preciso de um dia.

— Você tem três horas, se for quente a gente encaixa no Programa da Tarde. Faz uma edição especial do *Veneno do Péu*. Talitta vai aparecer por lá, se a fofoca for tudo isso mesmo que você tá dizendo, pode ser que funcione. — Do outro lado da linha, o produtor respirou fundo. — Tô sendo legal porque você é meu viado favorito. Não me decepciona. É a sua última chance.

O produtor desligou o telefone. Apesar do ar-condicionado ligado nos dezoito graus, suor escorria pela testa de Péu. Ele não estava blefando, realmente tinha o áudio capaz de salvar a sua carreira, um material guardado a sete chaves, sua arma secreta, uma bomba nuclear no mundinho do entretenimento brasileiro que ele nunca imaginou que realmente seria necessário detonar. Mesmo que alguma culpa nascesse em seu peito, ele insistia em repetir na sua mente que Talitta não era sua amiga havia tempo e que ela mesma não pensaria duas vezes antes de jogá-lo aos leões para seu benefício próprio.

Gabs pulou no seu colo. A mistura de suor e perfume emanando da pele do rapaz enevoou seus pensamentos. Gabs apertou o pescoço de Péu, aproximou-se de seu cangote e deslizou a língua do pescoço até a ponta da orelha do namorado. Excitado, Péu virou o rosto, buscando um beijo, mas Gabs se afastou e marchou para a cozinha.

— Volta aqui, amor.

— Hummm. Você não tá merecendo.

Gabs fez um bico e caminhou até o armário, de onde retirou alguns recipientes plásticos e começou a preparar seu shake pós-treino. Irritado, Péu se arrastou até ele.

— Eu tô tendo um dos dias mais difíceis da minha vida e você vai ficar de joguinho?

— Você foi abusivo.

— Quê? Abusivo?

— Sim, você instrumentalizou nosso gap de idade pra fazer um *gaslighting* e justificar o fato de ter me exposto no seu programa potencialmente problemático.
— Calma aí, Kéfera. O que você tá dizendo?
— Eu sou a vítima aqui, Pedro Alcântara! Um jovem queer periférico sendo emocionalmente explorado pelo namorado rico, famoso e influente — proclamou Gabs com uma dramática voz de choro, sem derramar uma única lágrima, mas acidentalmente derrubando um gole do shake no abdômen branco e trincado. — Por isso que o Júlio te largou.
— Não coloca meu ex nessa história!

Péu odiava quando Gabriel mencionava Júlio, seu ex-namorado, seu amor de infância que havia decidido seguir uma vida na carreira militar e simplesmente não era compatível com os rumos que Péu queria para si. Por toda a sua vida, Péu tinha a sensação de um mesmo cenário se repetindo, sempre se apaixonando por homens com os quais era incompatível, por mais que os amasse. Mal sabia ele que todo mundo se sente do mesmo jeito.

O celular de Péu vibrou com uma notificação. Era o aplicativo do banco sinalizando o atraso no pagamento da fatura do cartão de crédito. Péu colocou a cabeça no fundo da geladeira, fechou os olhos e gritou, gritou e gritou.

Assustado, Gabs abraçou o namorado.
— Ei, ei, não fica assim. Quem é meu guerreirinho?
— Gabs, é sério, o Marcos...
— Tudo bem! Eu te perdoo, mas mereço um mimo, não? Quer dizer, pelo bem da minha saúde mental.
— Mimo?

Gabs empurrou o celular no rosto do namorado. Na tela, a foto de uma sorridente Talitta Bumbum segurando um pote vermelho em um banner de propaganda.

— É uma máscara facial perfeita pro meu *skincare*!
— É a Talitta?
— Aham, ela é a representante da marca no Brasil. A embaixadora americana é a KK. É feito com tecnologia de ponta, à base de plasma sanguíneo!
— KK?
— Tá cacura, hein, amor! KK. Kim Kardashian.

Péu tomou o celular da mão do namorado e trincou os dentes frente à imagem de Talitta na propaganda. Uma campanha como aquela não teria saído por menos de 400 mil para o bolsinho da funkeira. A ex-amiga estava enchendo o rabo de dinheiro, até havia se tornado embaixadora de um banco digital e ele ali, prestes a ser demitido e ficar com o nome sujo.

Péu deslizou a tela para baixo e, assim que se deparou com o preço do produto, seu estômago deu um nó.

— Você tá me pedindo um creme no valor de três salários mínimos? — perguntou o jornalista com os olhos arregalados e o coração acelerado.

— É uma máscara facial. Um investimento. — Gabs deu de ombros, tomando outro gole do seu shake.

— Investimento na minha falência?

— Na minha saúde mental. Ou você acha que seus joguinhos psicológicos não afetam a minha pele? Você acha que é fácil lidar com as manipulações de um homem mais velho que...

— Gabriel, eu tô prestes a ficar desempregado! Entendeu? Eu não tenho dinheiro! Eu não tenho dinheiro pra continuar pagando os seus gastos de cartão, sua academia, seus shakezinhos, o aluguel e muito menos pra bancar creme feito de sangue!

— Eu já disse! É uma máscara facial!

Emburrado, Gabriel cruzou os braços e saiu pisando forte até o quarto só para retornar cinco segundos depois. Mudando de estratégia, sentou-se ao lado do namorado e deslizou a ponta do nariz pela bochecha de Péu.

— Quando eu entrei, você tava falando de um furo que podia salvar seu emprego. Não tava?

— Vai dar problema.

— Você ama problema.

— Vai prejudicar outra pessoa.

— Mas não é isso que você faz todos os dias?

— Não é uma fofoca boba. É coisa séria, pode acabar com a vida da Talitta.

— Você tá me dizendo que tem um jeito de salvar sua carreira, mas prefere lamentar em vez de lutar pelo que ama?

Os olhos de Péu se encheram de água. Gabs falava atrocidade atrás de atrocidade, mas naquele momento ele estava certo. Talitta não pensou duas vezes antes de virar as costas para ele quando mais precisou, por que agora ele deveria ter piedade? Péu tinha feito de tudo para conseguir espaço na mídia para a amiga de infância, e, quando chegou ao topo, como ela agiu? Virou as costas, ignorando aquilo que era a coisa mais importante para Péu.

O telefone tocou, desviando o jornalista de seus pensamentos. Marcos retornava para saber seu posicionamento e Péu mordeu os lábios, observando o aparelho vibrar.

— Não vai atender? — perguntou Gabs.

Péu não respondeu.

— Pensa bem, meu lindo, o que você vai fazer se perder o emprego? Você já passou dos quarenta, tá cacura, todo dia o banco te liga...

Péu atendeu e falou de uma só vez:

— Me coloca no programa. Eu tenho a maior fofoca do ano.

VAI QUE É TUA, PÉU MADRUGA

— **P**ara de implorar pra eu te trair!
Talitta tinha uma enorme lista de experiências atípicas. Suas aventuras iam desde transar com uma atriz que se vestia de Minnie no estacionamento de um parque da Disney até salvar sua avó de uma crise de diarreia em uma enchente do Rio de Janeiro. Apesar disso tudo, aturar seu noivo implorando por uma traição certamente chegava bem próximo do topo.

— Você não tinha direito de terminar com ele sem falar comigo. O cara era nosso amante!

— Por que não fica *você* com o Kaio? Hein? Vai lá e diz: "Oi, tudo bem? Eu sou jogador de futebol de um time que você nem conhece e queria bater uma punheta ouvindo você transar" — disse a funkeira em uma imitação da voz grave de Maikon. — Inferno! Todos os olhos estão na gente, cara! Eu não posso foder a minha carreira.

Três batidas na porta interromperam o bate-boca. Mari, a assistente de Talitta, não esperou uma resposta. Vestindo um de seus floridos kaftans, com uma ametista no formato de um olho pendurada no pescoço e um tablet debaixo do braço, ela invadiu o quarto, interrompendo a briga.

A jovem mística parou no meio do cômodo, inclinou o rosto com uma expressão preocupada e colocou a mão em um dos bolsos, vasculhando-o como se tivesse o tamanho de uma mala de viagem. Tirou a mão do bolso com um isqueiro e algo parecido com um charuto branco.

— A energia aqui tá desestabilizada, tá pior que o wi-fi da Claro em dia de chuva.

No tablet, ela deu play em uma música instrumental da Florence and the Machine e, em seguida, acendeu o estranho charuto. A fumaça dominou o ambiente enquanto Mari deslizava de um lado a outro, abrindo portas e gavetas.

— Qual é a simpatia da vez? — perguntou Talitta entre tossidas secas.

— Sálvia branca, afasta os maus espíritos. O dia não tá bom. Eu sinto no bico do meu peito, tem uma tragédia se aproximando.

— Sim, a tragédia é o que vai acontecer com a gente se a senhora minha avó ficar muito tempo esperando — rebateu Talitta, checando as horas no relógio. — Bora, Mari!

Depois de percorrer todo o perímetro do quarto, defumando-o, Mari colocou a mão livre à boca, umedeceu a ponta dos dedos e os levou até o bastão de sálvia, apagando-o. Maikon resmungou, sua roupa fedia, impregnada pelo cheiro da erva estranha. Desse jeito acabaria precisando de outro banho.

— Não, nem começa, nada de banho! Pro carro! — disse Talitta, como se lesse sua mente.

— Mas a gente tem algum compromisso agora? — perguntou Mari.

— Deixa eu adivinhar, você perdeu minha agenda de novo? A gente precisa buscar minha avó para a prova de bolos.

— Ai, que maravilha, amo a Dona Lu.

— Só não esquece que depois você tem dentista, Mari. — concluiu Talitta, lembrando a assistente de seus próprios compromissos. — Agora vamos?

— Mas ainda faltam três horas — protestou Maikon.

— Você já contou quanto tempo minha avó demora pra levantar da privada?

Treze minutos depois, Talitta chegava na casa de Dona Luciana, sua avó. Para a surpresa da funkeira, a senhorinha já estava de calcinha e sutiã, aguardando a chegada da neta para definir o restante do modelito que usaria na degustação de bolos de casamento no *Programa da Tarde*.

Talitta deu um beijo no rosto da avó, pediu a bênção, sentou-se ao seu lado na cama e dedicou-se a hidratar os cabelos crespos da senhorinha, arroxeados pelo uso dos produtos químicos para combater o grisalho. Depois, passou hidratante por toda a pele da avó, que não deixou de criticar a fragrância adocicada do creme.

Enquanto recebia os cuidados da neta, Dona Lu fofocou sobre a filha grávida da vizinha, reclamou do preço do tomate e da chatice da nova novela das nove. Talitta se divertia, registrando em sua mente cada ação da avó, ciente da preciosidade que era testemunhar aquela senhora existindo no mundo. Namorados e namoradas poderiam ir e vir, mas sua avó sempre seria o grande amor da sua vida. Proporcionar o conforto que Dona Lu merecia depois de décadas lutando para criar Talitta era o motor para ela seguir correndo atrás dos seus sonhos. Com sua mãe falecendo na mesa do parto e o pai desaparecido no mapa, a avó era o seu bem mais precioso. A fama, o dinheiro, o sucesso, tudo que Talitta fez, ou viria a fazer, era na expectativa de sempre dar o melhor para a avó. Talitta matava e morria por Dona Luciana.

Talitta tirou da bolsa um grande pote da máscara facial de plasma sanguíneo. Como embaixadora da marca, contava com um estoque ilimitado do produto. Ela afundou dois dedos no creme vermelho e os levou na direção do rosto da avó. Dona Lu acertou um tapa na mão da neta, derramando o RedCare no chão.

— Tá doida, menina? Vai meter sangue na minha cara? — protestou a senhorinha.

— Faz bem pra pele, vó.

— Deixa de maluquice. Faz favor e pega meu salto vermelho.

— Mas a senhora não pode usar salto.

— Você também não pode comer merda e olha com quem vai se casar.

Escondendo o riso, Talitta foi até a extensa sapateira da avó e voltou com um par de sapatos altos. Ajoelhou-se e delicadamente encaixou o sapato no pezinho enrugado.

Apoiando-se na neta, Dona Lu ficou de pé. Deu dois passos pelo quarto, colocou as mãos nos quadris e se olhou no espelho. Fez uma careta de reprovação.

— Eu lá tenho joelho pra usar salto? Pega a sandália, menina!

E os quarenta minutos seguintes foram assim, Talitta pacientemente vestindo a avó enquanto Maikon, que esperava no carro, bombardeava seu celular com mensagens, apressando-a, as quais Talitta sequer se deu o trabalho de visualizar.

Antes de saírem, Talitta verificou o funcionamento da bomba de insulina acoplada à cintura de Dona Luciana. Nos últimos meses, a avó vinha se esquecendo de trocar as agulhas flexíveis que, ao longo do dia, injetavam a medicação no seu corpo diabético.

Terminada a conferência, Talitta finalmente se encaminhou para o último compromisso do interminável dia, mas, antes de saírem de casa, a avó foi até ela, tirou a aliança do próprio dedo e a colocou na palma da mão da neta.

— Pra te abençoar, minha filha.

Os olhos de Talitta se encheram de água. Ela cresceu testemunhando o amor de sua avó por seu falecido avô, e aquela aliança era o maior símbolo disso. Tê-la consigo era como ter um pedacinho do amor dos avós sempre com ela. Talitta passou a aliança pela correntinha que carregava no pescoço e, juntas, partiram.

Apesar de serem tão grossas quanto as de sua amiga Gracyanne Barbosa, as pernas da Garota Bumbum já não aguentavam mais ficar de pé. Em um único dia, Talitta tinha participado de uma filmagem provando vestidos de casamento para o seu documentário, transou duas vezes com Kaolho, terminou com Kaolho, arrombou a porta da garagem do Kaolho, brigou com Maikon por ter terminado com Kaolho e agora estava no estúdio da maior emissora do país ao lado da avó, do noivo e de uma chef de culinária argentina, cercada por dezenas de bolos de casamento.

Finalmente o *Programa da Tarde* começou, com o afetado apresentador fazendo piadinhas dignas do tio do pavê. Talitta estava acostumada a fingir gargalhadas, então não teve problemas em rir da vergonhosa imitação do Chewbacca que o homem sempre fazia.

Forçando empolgação, fez uma performance playback do seu single Garota Bumbum para logo após iniciarem uma bobagem intitulada "Masked Cake", em que, ao vivo, a cantora precisava provar um bolo "mascarado" de um sabor para descobrir o seu gosto real. Ao final escolheria o favorito para ser o seu "wedding cake", o bolo do seu casamento.

Cada bolo parecia mais uma obra de arte, decorados com arranjos de flores feitos de açúcar. Tulipas, hortênsias e rosas brotavam das massas em uma bela breguice, mas após três fatias o estômago de Talitta já estava embrulhado, diferente de Maikon e da avó.

Quando o assunto era bolo, Dona Lu logo recobrava a vitalidade da juventude. Sabendo da paixão da avó, Talitta exigira uma versão diet de todos os doces, possibilitando que, apesar da diabetes, ela desfrutasse da mesma experiência. Presenciar Dona Lu empolgada na frente das câmeras e gritando que capim-santo não é um sabor de bolo de verdade fazia tudo valer a pena.

— Tem bolo aqui feito com água! Não usaram leite, eu tô sentindo! — Dona Lu protestava em frente às câmeras. Talitta nunca sabia se a avó estava falando a verdade ou se era só uma forma de pechinchar o preço dos bolos.

Ciente das estratégias pechincheiras da avó, Talitta sussurrou:

— Relaxa, vó. A gente vai ganhar. De graça.

O semblante de Dona Lu mudou instantaneamente, dando espaço a um largo sorriso.

— Hummmmm, mas que delícia! Cremoso, fofinho, derrete na boca, como pode?!

Depois de algumas rodadas de degustação, finalmente o apresentador chamou os comerciais. Talitta bebeu três copos de água para tirar o gosto de açúcar da boca e respirou fundo, pronta para mais "Masked Cake".

Foi então que tudo explodiu.

Quando o programa voltou, o apresentador anunciou uma pausa no "Masked Cake" para uma entrada ao vivo e urgente de Péu Madruga. Diretamente de sua casa, o fofoqueiro prometia a maior bomba de sua carreira — e ela seria detonada ali, agora, ao vivo.

— Vai que é tua, Péu Madruga!

Talitta mordeu os lábios com força suficiente para deixar escapar um filete de sangue e sussurrou para si mesma meia dúzia de palavrões. Não tinha ideia de que o fofoqueiro estaria no programa.

Sentado no escritório de seu apartamento com o *ring light* e a câmera apontados para o rosto, Péu fechou os olhos. Os anos na televisão não o prepararam para arruinar ao vivo a reputação da ex-amiga.

Péu pegou o copo de água à sua frente, mas acabou largando. Sua mão estava trêmula demais para conseguir fazer qualquer movimento, e não poderia aparentar tamanho nervosismo justo agora.

— Péu? Estamos ao vivo — relembrou o apresentador, dando um sorriso nervoso.

— Alerta de babado, alerta de confusão: é o Péu com a fofoca na sua televisão!

Péu entoou seu bordão no modo automático, mas rapidamente o silêncio constrangedor retornou e o apresentador tomou a palavra, perguntando qual bomba fez Péu aparecer de surpresa no *Programa da Tarde*.

Pela tela do notebook, o jornalista via Talitta de braços cruzados, a pose autoritária de sempre e a boca curvada em um bico debochado, como quem diz: duvido você se atrever a fazer isso.

Mas apesar do ódio que aquele bico arrogante da Talitta trazia ao seu coração, Péu não conseguiu controlar a ponta dos seus dedos que começaram a beliscar a sua própria pele, bem na coxa, castigando-o pela atitude que estava prestes a tomar. Parado na frente do namorado com mais um dos seus shakes proteicos em mãos, Gabs assistia à derrocada de Talitta como se aquela fosse a final de uma temporada de Drag Race (ou a final da Champions League caso você, meu pobre leitor, seja um homem cis hétero). Sugando a bebida por um canudo de plástico, Gabs olhou para o rosto tenso de Péu, fez um joinha com a mão e articulou um: Vai com tudo!

Ansioso no auditório frente ao completo silêncio do fofoqueiro profissional, o apresentador voltou a indagar Péu sobre o motivo daquele boletim urgente.

— Péu? Tudo certo por aí? — Péu abriu a boca mas não conseguiu responder, o ponto da sua coxa sendo beliscado pelos próprios dedos já estava roxo mas ele não parava, incapaz de controlar o próprio corpo.

— Bora, tô ansiosa pra saber quem tá com hemorroida! Babado imperdível, né, galera? — debochou Talitta.

O comentário da funkeira fez o público cair na gargalhada. Péu despertou frente à chacota. Ele não seria motivo de piada outra vez, ele não seria a versão 2.0 do Frô. Estava estampado na sua frente que Talitta não dava a mínima para ele, rindo da sua cara em rede nacional. Ela queria rir e mostrar aqueles dentes artificialmente brancos na frente das câmeras? Muito que bem, ele faria com que a piada agora fosse ela. Empoderado pelo sangue que borbulhava no corpo com a mistura de medo, ódio e tensão, Péu Madruga respirou fundo, parou de beliscar a coxa e finalmente falou, recobrando sua persona fofoqueira:

— Ninguém aqui tem hemorroida, não, bebê, mas chifre tem! E a galha é das grandes!

Péu continuou:

— Pra não dizerem que eu estou exagerando, vou deixar a própria traidora contar pra vocês. Com vocês, o novo hit viral de Talitta Bumbum.

O jornalista aproximou seu celular do microfone e deu play no áudio. A voz de Talitta ecoou por todo o auditório.

— É, eu meio que traí o Maikon, mas puta que me pariu, amigo, o cara usa a língua como ninguém!

O auditório se encheu de burburinhos.

O som chegava até Talitta de forma difusa e abafada, como se ela estivesse no fundo de uma piscina. Sua alma parecia ter descolado do corpo, e ela via a si mesma atônita no meio do estúdio com todas as câmeras voltadas para o seu rosto, captando cada expressão.

— ... ele faz tão melhor que o Maikon, mas tão melhor, só não caso com ele porque consegue ser mais burro que meu bofe...

Sem Talitta se dar conta, sua mão foi até a aliança da avó pendurada na correntinha em seu pescoço, pressionando o objeto com força, a ponto de a marca circular ficar nítida na pele.

O olhar estático estampado no rosto de Talitta fez Péu se lembrar da menina insegura de sua juventude, antes da fama, antes de tudo desandar e ela virar uma celebridade com milhões de seguidores nas redes sociais e música tocando na rádio. Por uma fração de segundo ele pensou em pausar o áudio, desejou secretamente voltar atrás, mas já era tarde. Um arrepio percorreu seu corpo, sua garganta estava seca, árida ao ponto de ser esfolada pelo ar que marchava com dificuldade por dentro dele. Péu estava seco.

— ... Maikon tá ocupado demais se humilhando atrás do Neymar pra pensar em aprender a foder direito, ele gosta de ser corno.

O áudio terminou. O estúdio ficou em silêncio.

— Talitta? Talitta?

A voz do apresentador trouxe a funkeira de volta para si, ciente de todos aqueles olhares inquisidores. A plateia, o apresentador, os operadores de câmera... todos pareciam olhar no fundo de sua alma.

Talitta estava arruinada. Sua carreira, seu casamento... em trinta segundos, tudo acabou. Como pôde ser tão inocente? Como acreditou que Péu realmente tinha se livrado dos registros do passado? Depois de tanta vigilância, de tanto esconder o que realmente pensava...

A plateia começou a gritar, em uníssono, um tenebroso coro de: NÃO VALE NADA, NÃO VALE NADA!

A funkeira correu até o noivo, puxou Maikon pelo paletó, olhou no fundo dos olhos dele e implorou:

— Conta pra eles, Maikon! Conta pra eles a verdade!

Todas as câmeras estavam apontadas para o casal. Maikon gaguejou.

— É...

— Anda, Maikon! Diz pra eles a verdade, diz que eu não te traí!

O apresentador, eufórico após comunicarem no ponto em sua orelha sobre o pico de audiência, se intrometeu na conversa:

— Quer dizer que ele já sabia da traição? É isso, Maikon? Você sabia que tava carregando uma galha das grandes?

— Não, quer dizer... — Maikon gaguejou.

— Eu não traí ninguém! Não é bem assim! Esse babaca tá mentindo, Péu sempre foi um invejoso que faz de tudo para derrubar os outros! Fala a verdade, Maikon! — repetiu Talitta.

— Mas era a sua voz, não era? — questionou o apresentador.

— Era, mas...

— Mas?

Talitta novamente suplicou pela ajuda de Maikon:

— Conta a verdade, por favor.

Maikon balançou a cabeça, pegou o microfone da mão da noiva, andou até a frente de uma câmera e disse:

— Eu fui tão traído quanto vocês.

Furiosa, Talitta enfiou as mãos no maldito bolo de capim-santo. A chef convidada soltou um gritinho de horror, ultrajada frente à destruição de sua obra de arte em forma de bolo. A funkeira correu até Maikon e se jogou contra ele, tacando a massaroca verde na cara do noivo enquanto o xingava de nomes que fariam o nível deste livro chegar abaixo do publicável. Juntos, Talitta e Maikon caíram no chão, digladiando-se com glacê.

Alheia à confusão, Dona Lu continuava sentadinha em sua cadeira, provando sua sétima fatia de bolo diet. A massa estava boa demais para ser abandonada por conta de uma confusão. Eles que eram jovens que se resolvessem, se fosse na sua época ela teria solucionado tudo na base da tamancada. Mari, a assistente de Talitta, invadiu o palco com o bastão de sálvia empunhado, gritando para encerrarem as filmagens. O apresentador berrava perguntas para o casal jogado no chão e coberto de glacê enquanto a plateia ia ao delírio.

Talitta conseguiu ficar de pé e voou na direção de um gigante bolo de gianduia disfarçado de Red Velvet. A chef argentina tentou conter a funkeira, mas não foi páreo para os braços de crossfiteira de Talitta, que a empurrou na direção de uma torta de pistache. A chef se espatifou sobre a massa de sete andares, estabacando no chão e praguejando em espanhol.

Maikon segurou o braço de Talitta.

— Você tá louca! Para com isso!

Louca? Louca? Ah, mas eles iam ver o que era uma mulher louca! Talitta afundou as mãos no bolo mais próximo e esfregou a massa na lente da câmera à sua frente. Dois seguranças entraram no palco, arrancando-a do auditório em uma das maiores humilhações públicas da história da televisão brasileira.

Mal sabia Talitta que aquele era só o começo do fim.

LISTERINE FAZ MÁGICA

—Tá gostoso? Uma gotinha de Listerine faz mágica — falou Gabs entre gemidos.

— Gostinho de hortelã — respondeu Péu, parando de beijar o popozão do namorado por alguns segundos.

Gabs fazia um escândalo performático conforme Péu o penetrava com a língua. E quer saber? Péu gostava. Ele podia ser mais velho e ter lá as suas inseguranças, mas ninguém sabia fazer tão bem um lepo-lepo, uma tabacada, uma amassada no capô do fusca, uma lambuzada no edi; uma recheada no donut; um canguru perneta quanto ele.

Havia tempo Péu não se sentia tão potente, eufórico com o efeito afrodisíaco da vitória contra Talitta. Sua bomba fez o *Programa da Tarde* alcançar a maior audiência dos últimos três anos, e seu nome figurava no topo dos trending topics, ao lado de #MaikonCornão #CapimLimãoNãoÉBolo e #BumbumCancelado. O sucesso do quadro foi tamanho que fez o canal não só cancelar a negociação com seu substituto mais jovem, como também lhe oferecer um novo quadro fixo. Quem era a cacura fracassada agora, hein?

Gabs deslizou as mãos pelas coxas de Péu, detendo-se sobre a mancha roxa criada pelos beliscões.

— O que é isso?

— Nada.

O comentário e a imagem dos beliscões na perna trouxeram a imagem do rosto desolado de Talitta de volta para a mente de Péu. Consternado, ele tirou a mão do namorado de cima da sua coxa, colocou-se de pé e começou a se vestir.

— Que tá pegando?

— Não tô no clima.

— Ué? De uma hora pra outra? Não acredito que você tá com pena da Talitta. Ela não ia pensar duas vezes antes de fazer o mesmo com você.

— Não é isso, eu só não tô no clima.

Péu saiu do quarto deixando o namorado falar sozinho. Sem opção, Gabs sentou-se na frente do espelho e dedicou-se a finalizar sozinho o que eles começaram. Despejou lubrificante sobre o pau e se masturbou de frente para o espelhado, admirando cada um dos seus quadradinhos no abdômen. Ele realmente era o homem mais gostoso que conhecia (mas podia ser ainda mais caso ganhasse o bendito creme de plasma sanguíneo).

A quilômetros dali, Talitta dirigia em alta velocidade. Com a roupa melada pelos restos dos bolos de casamento, a funkeira sabia exatamente para onde iria quando foi expulsa do estúdio de televisão. Depois da confusão ao vivo, de acertar mais um tapa na cara de Maikon, arranhar a cara de um segurança e pedir que Mari levasse a avó para casa, ela seguiu rumo ao apartamento de seu inimigo público número um: Péu Madruga.

Na internet, seu nome era destruído, a quantidade de seguidores no Instagram despencava vertiginosamente e até um remix com o áudio da confissão da traição já tinha sido liberado no Spotify.

Ela estava arruinada! Não teria vídeo de desculpas com roupa branca e sem maquiagem ou filtro de cachorrinho que pudesse fazer o público mudar de ideia. Ela podia falar a verdade em todos os cantos, peregrinar em programas de TV mais que a Karol Conká pós-Big Brother Brasil e ainda assim ninguém acreditaria nela. Naquela noite, o fim de sua carreira seria o prato principal no cardápio da família tradicional brasileira.

Mas essa conclusão a libertou; ou melhor, a libertou para fazer merda. Se já estava no fundo do poço, levaria consigo quem a empurrou. A imagem pública era a jaula de Talitta, e agora a jaula estava quebrada.

Minutos depois, a cancelada chegava ao apartamento de Péu, na Barra da Tijuca. Ela entrou com o carro na garagem, passou pelo hall de entrada e marchou em direção ao terceiro andar. Um dia aquilo seria só uma história engraçada para contar em um podcast, um capítulo da sua biografia, um mero episódio em sua carreira.

Mas aquilo não virou uma história engraçada.

Na verdade, é aí que começa a história real.

Talitta estava tão furiosa que não reparou no óbvio, não percebeu que ninguém impediu sua entrada ou pediu sua identificação. A moça sequer notou a poça de sangue fresco que se dissipava sobre a bancada onde o porteiro deveria estar.

Talitta parou na frente do apartamento de Péu, número 313, o lugar onde muitas vezes, no passado, compartilhou drinques, segredos e sonhos com o ex-amigo. Seu peito subia e descia e o suor pingava da testa, misturando-se ao glacê espalhado nas roupas. Com ambos os punhos, esmurrou a porta uma, duas, três, quatro, cinco vezes.

De samba-canção, Péu abriu a porta. O rosto do jornalista girou em cento e oitenta graus com o murro que Talitta acertou na cara dele, um tapa tão novelístico que faria inveja a qualquer Carminha. Talitta irrompeu pelo apartamento.

— Seu lixo com perna, galalau escroto, puto de vintão, cu ralado na ostra, trampeiro, seu corrimento ambulante!

Ouvindo a barulheira, Gabs correu até a sala. Talitta girou a mão no ar, pronta para dar um tapa no outro lado do rosto de Péu, mas o jovem se colocou na frente, dramaticamente levando o golpe no lugar do namorado.

— Você é patológica! — gritou Péu.

— Quê?

— Doente, ele quer dizer que você é doente — explicou Gabs.

— O nome disso é feminismo — respondeu Talitta.

— O nome disso é descontrole e homofobia! — continuou o jovem, se intrometendo na briga do namorado.

— É liquidação de viado, agora? Aniversário Guanabara? Chamo um e vem outro? Meu assunto aqui é com esse safado — respondeu Talitta, apontando o dedo na direção de Péu.

— Respeita o meu namorado, Gabriel não tem nada a ver com o nosso assunto — respondeu Péu.

— Deu pra namorar adolescente agora? — Talitta apontou pra Gabs. — Crise de meia-idade?

— Eu já tenho 20 anos!

Gabs falava alto, com o dedo na cara de Talitta, que acertou um tapa na mão do menino.

— Tu tira o dedo da minha cara que tu tá falando comigo e não com teus machos. Já disse, meu B.O. não é contigo, é com esse safado!

— Você invadiu a minha casa e...

— Garoto, eu não tô boa. Mete o pé ou eu te desmaio aqui agora, desmaio vocês dois.

— Gabriel — pediu Péu, interrompendo o bate-boca. — Dá licença. Por favor.

Com a cara fechada frente à inesperada intromissão do namorado, Gabs voltou para o quarto, mas não sem antes pedir para Péu gritar caso precisasse de auxílio contra a Garota Bumbum.

Péu puxou uma cadeira e pediu para Talitta sentar. Ela negou. O jornalista deu de ombros: caminhou até a geladeira, pegou uma caixa gelada de nuggets e colocou sobre o olho roxo.

— Tem treinado? Numa dessas você estoura um cérebro — disse Péu, equilibrando a caixa de nuggets no olho roxo.

— Crossfit. Sem piadinha, Péu. Por quê? Hein? Depois de tanto tempo!

Péu se jogou sobre a cadeira que puxara para Talitta.

— Não é nada pessoal.

— Você contou o meu maior segredo pro Brasil. É óbvio que é pessoal!

— Tecnicamente, *você* contou. Eu sou jornalista. Meu compromisso é com a verdade.

— Ah, me poupe! A notícia do Caetano Veloso estacionando no Leblon é digna de prêmio perto das suas matérias.

— Eu não divulgo mentira, você traiu o Maikon.

— Você jurou que tinha deletado esses áudios!

— Quem mandou você ser...

— Burra! Eu fui estúpida, confiando em você. Mas se aproveitar de um deslize, de áudios que eu te mandei bêbada anos atrás, quando eu ainda acreditava que você era meu amigo e tinha um pingo de humanida...

— A Garota Bumbum falando sobre degradação moral? Que piada.

— Eu não traí o Maikon e eu não vim aqui pra ficar me justificando.

— Não? Veio só pra me agredir como a barraqueira que você é? Então já pode ir embora!

— Olha que eu te desmaio, seu racista! Tá me colocando como a mulher preta doida!

— Eu não posso ser racista, bonitona, eu também sou preto! — gritou Péu, batendo palmas no ar e ficando frente a frente com Talitta. — É você, que tá aí igual louca falando em me desmaiar, eu, hein!

— Machista! — respondeu Talitta, dando um empurrãozinho em Péu.

— Homofóbica! — Péu retribuiu o empurrão.

— Bifóbico!

— Elitista!

— Aporofóbico!

— Aporofóbico? — Péu recuou dois passos. — Esse *media training* aí realmente tá chegando em outro patamar.

Talitta deu de ombros, em um sinal de falsa modéstia.

— Tavam me cotando para o BBB do ano que vem. Não dá pra entrar lá sem saber lacrar.

— Olha que delícia, agora não precisa mais se preocupar em fingir ser alguém que você não é. Já foi cancelada antes de entrar no programa, nem carreira tem mais.

A funkeira não respondeu. Respirou fundo, olhou para o alto e conseguiu conter as lágrimas que surgiam em seus olhos. Ela não choraria na frente de Péu, não daria mais esse gostinho para ele.

— Você jurou pra mim que tinha deletado os áudios. Você se aproveitou das palavras de uma menina bêbada de 19 anos que não tinha noção de onde estava se enfiando.

Talitta encostou o dedo indicador no peito de Péu e, com a voz embargada, fez um juramento:

— A partir de agora, nós vamos viver um inferno, Pedro Alcântara Lopes. Anote minhas palavras.

O estridente alarme contra roubo do carro de Talitta quebrou o breve silêncio que se instalou no apartamento. Reclamando para si mesma que era só o que faltava naquele que certamente já era o pior dia de sua vida, Talitta virou as costas e bateu a porta do apartamento de Péu.

Sozinha, Talitta deixou as lágrimas escorrerem. Cabisbaixa, ela entrou no elevador e desceu até a garagem do prédio de Péu, onde uma pequena multidão aglomerava-se ao redor do seu carro. Talitta enfiou a mão no sutiã, de onde tirou um pequeno cilindro de spray de pimenta, seu eterno companheiro em shows e encontro com fãs.

Talitta parou a alguns passos atrás das cinco pessoas em volta do carro. Com as mãos no quadril, berrou:

— Posso saber que putaria é essa?

Não surtiu efeito, ninguém parecia ter ouvido. O pequeno grupo continuava em volta do veículo, agora dedicando-se a bater no vidro.

— Vocês são o quê? Fãs? Haters? — Os cinco seguiam esmurrando a janela do carro. — Eu vou ligar para os meus seguranças, e eles são os mesmos da Juliette!

O vidro dianteiro cedeu frente ao murro de um dos meliantes. Talitta pulou para trás, assustada com o som do estilhaço. A criatura esticou o braço até o painel e puxou a alça da bolsa de Talitta. Em seguida, inspirou fundo e, logo após, emitiu um ronco terrivelmente familiar aos ouvidos da funkeira, o mesmo som que ela ouviu aquela manhã no apartamento de Kaio. Os outros quatro repetiram o gesto, unindo-se ao coro como uma alcateia uivando para a lua cheia. Imediatamente um odor dispersou pelo ar, um cheiro que faria da Baía de Guanabara uma verdadeira fragrância de Carolina Herrera.

Talitta sentiu o gosto da bile na garganta, uma ânsia de vômito que ia e vinha. Mas fosse lá quem fosse aquela gente, dessa vez ela não se intimidaria. Ela fora traída, abandonada, xingada, tinha glacê até dentro da calcinha, mas ainda era a Garota Bumbum!

Pressionando o spray de pimenta, Talitta correu ao encontro do grupo. O ataque fez efeito: atabalhoados, levaram as mãos ao rosto, uivando de dor. A bolsa caiu no chão. Talitta alcançou a Louis Vuitton, mas um dos homens agarrou suas tranças. Ela gritou de dor, girou no próprio eixo e acertou a bolsa na cara do agressor. Ele cambaleou, soltando o cabelo de Talitta. Foi quando ela se deparou com aqueles olhos laranja-néon, a boca suja de sangue e o uniforme rasgado com a inscrição "Antônio — Porteiro". Talitta tremeu dos pés à cabeça.

Antes que o cérebro pudesse processar todas aquelas informações, seu corpo agiu, e, desesperada, a funkeira acertou um chute entre as pernas do porteiro zumbi.

— Que nojooooooooooooooo!

O pé de Talitta atravessou o períneo putrefeito do zumbi. A menina escorregou sobre a criatura, atolando seu tornozelo direito na mistura podre de órgãos falidos e um líquido cinza que horas atrás ainda era sangue.

Os outros quatro zumbis a cercaram, prontos para o ataque. A Garota Bumbum estava prestes a virar janta de zumbi.

Um cadáver na lixeira

Enquanto Talitta encarava os olhos néon da morte, Maikon chegava à casa dos pais, a poucos quilômetros de distância do prédio de Péu.

Maikon nunca se importou de morar numa cobertura no vigésimo segundo andar de um prédio especialmente projetado para você não encontrar os seus vizinhos – uma construção típica da Barra da Tijuca. Ele chegava em casa, estacionava o carro em frente à porta do elevador, então entrava e saía direto na sala de estar. Pelo menos o salário do Volta Redonda foi suficiente para comprar esse conforto. Mas se esse tipo de arquitetura é perfeita para luxo e privacidade, é péssima caso o elevador pare de funcionar bem no momento em que boa parte dos moradores do prédio tenha se tornado hospedeira de um verme espacial e esteja tentando devorar as partes daqueles que ainda não se infectaram.

Esse era o pensamento na cabeça de Maikon enquanto ele corria escada acima. A porta corta-fogo marcava o décimo andar: ainda nem metade do que precisava subir e o fôlego dele já estava indo pelos ares. Atletas de segunda linha também cansam. Mas ele sabia que o esforço valia a pena. Eram os pais dele no alto daquele prédio, e, se eles pudessem ser salvos, ele os salvaria. Família é tudo. Ele repetia essa frase a cada novo degrau, a cada nova respiração, como um mantra: família é tudo. A cada novo andar. Família é tudo.

Décimo primeiro andar e um rangido na porta. Maikon parou, apreensivo. Na cabeça ainda ecoava a frase "família é tudo". Mas a atenção voltou para o próximo andar, décimo segundo, de onde veio o rangido e agora emanava um assobio, ecoando por todo o fosso da escada. Por ausência de movimento, a luz — ativada por sensor — apagou onde Maikon estava. A do andar de cima acendeu com a movimentação de uma senhora que aparentava ter por volta de setenta anos. Sua tranquilidade era alentadora: ela carregava dois saquinhos e olhava ao redor, buscando calmamente alternativas de o que fazer com a pequena carga em suas mãos.

Mais bizarro do que um ataque zumbi é uma senhora, tranquila e plena, tentando jogar fora o seu lixinho em meio a um ataque zumbi. Maikon se empertigou para poder ver melhor, e, com o movimento, a luz acendeu. A mulher olhou para baixo, fazendo Maikon se encolher, voltando um lance de escadas e esperando não ter sido visto. Em vão. Ele foi visto. Mas, de qualquer forma, ela não parecia um zumbi. Cuidadosamente, Maikon subiu os degraus. Pé ante pé.

— Você acredita que o vizinho do treze mil e dez entupiu a lixeira interna com um cadáver?

Diante da frase da senhora, Maikon deteve-se.

— Você sabe se tem alguma lixeira aqui fora? Não gosto de lixarada dentro de casa.

Maikon não acreditou que, com o próprio cérebro correndo risco de ser devorado, a maior preocupação da mulher era com o seu lixo.

— Olha, senhora, é melhor voltar pra casa. Tá tendo um ataque zumbi, a senhora notou?

— Mas o que é zumbi, meu filho? É um bicho? Sabia que ia dar problema. Já tinha reclamado na reunião de condomínio que não era pra deixar cachorro solto aqui no prédio.

Enquanto os dois conversavam, pequenos pingos de sangue escorreram da sacolinha de lixo, formando uma pocinha no hall escuro da escada. O cheiro se espalhou pelos corredores. Pouco a pouco alguns vizinhos contaminados começaram a sair de seus apartamentos, seguindo os instintos de zumbi e se encaminhando na direção do lixinho da madame, sedentos por sangue.

— Ataque? Gente comendo gente? Ah! Isso é fake news, fizeram uns vídeos de uns meninos se mordendo e tão chamando de ataque. Gente mal-intencionada.

Ciente de que aquela conversa não iria a nenhum lugar, Maikon subiu mais um pouco as escadas.

— Pode deixar o lixo aí, depois alguém recolhe.

— Tem certeza?

— Absoluta, senhora.

Maikon continuou lentamente subindo os degraus. Passou pela senhora, calma, que ficava com ar ainda mais inocente abaixando-se o máximo que a coluna pouco flexível permitia para deixar as sacolas no chão.

— É a idade, meu filho.

A bolsa tocou no chão e, de um lance de degraus acima da senhora, Maikon respirou aliviado.

— Agora é melhor a senhora ir pra casa.

— É o que vou fazer. Moro sozinha no quatorze mil e...

O estrondo da porta corta-fogo abrindo-se em frente à senhora ecoou por toda a escada. Pesada, a porta esmagou seu corpo, fazendo com que ela desfalecesse no mesmo instante. A brutalidade da ação paralisou Maikon, que ainda ficou para ver um homem baixo, branco e peludo entrar no hall e verificar, com satisfação, o corpo da mulher emoldurado pelo seu próprio sangue na parede. Ele grunhiu sons estranhos, em um misto de convite e comemoração. Do corredor, um menininho de oito anos parecido com o homem chegou ao hall da escada, junto de uma mulher mais atarracada com parte do cérebro exposta. Apesar da zumbizice, Maikon poderia jurar que viu uma sombra de sorriso em seu rosto.

O pequeno foi o primeiro a se abaixar e morder uma das bochechas da senhora, parecendo feliz com a textura e o sabor do sangue morno na língua. O homem e a mulher o acompanharam com voracidade semelhante. Ele preferia a barriga, ela, a coxa. Os três tinham, eles mesmos, marcas de mordidas pelo corpo, e, enquanto se alimentavam, um pequeno verme laranja saiu do ouvido do homem e rastejou pelo corpo da senhora que, na mesma hora, arregalou os olhos agora tingidos por um laranja-néon.

Dando uma pausa para respirar, a mulher se levantou, com o rosto ensanguentado, e fixou o olhar em Maikon, que retornava do transe de horror e subia correndo as escadas, esquecendo-se do cansaço, do suor, da própria família ou do fato de o elevador estar quebrado.

Foi com o pavor da cena estampado no rosto que Maikon entrou em sua imensa cobertura e bateu a porta com toda a força. Pior ainda foi a frase dita por sua mãe assim que ele entrou no apartamento:

— Que cara é essa? Parece que viu um monstro.

— Vocês tão de sacanagem? A velha do décimo terceiro andar acabou de ser devorada pela família feliz do décimo quarto na minha frente!

Os pais de Maikon trocaram olhares, condenando a aparente insanidade do filho. Edgard e Lilian nunca o viram como um talento nato do futebol: os dois tinham condições de deixar uma boa herança para o rapaz, que poderia ter escolhido uma profissão em que fosse mais talentoso. Difícil era encontrar qual seria essa.

— Você também tá acreditando nessa onda de ataque zumbi? Isso é coisa de filme.

Edgard tinha um escárnio na fala que deixava Maikon ainda mais assustado com a banalização do horror que o pai carregava nas palavras.

— Até acredito que teve um ou outro infectado, amor. Mas daí a pensar que estão comendo pessoas? Parece que eles só dão umas mordidinhas, coisa pouca. No sexo deve até ser bom — respondeu Lilian, enfatizando a última parte com uma beliscada leve nas gordurinhas do marido. Foi demais para Maikon, que explodiu:

— Vocês enlouqueceram! Vamos embora daqui agora.

Maikon gritava, esperneava e empurrava o pai e a mãe na direção da porta de saída.

— Calma, filho. Aqui a gente tá protegido. Isso vai passar rápido. O presidente acabou de fazer um anúncio falando que é só um viruzinho, praticamente uma gripezinha que deixa a gente assim, meio abilolado, mas nada que precise desse alarde todo! Por via das dúvidas, já até estocamos ivermectina e papel higiênico, ele disse que serve pra tudo!

— Ivermectina não vai te salvar de um zumbi, mãe, muito menos papel higiênico! A gente tá falando de zumbi! E pra piorar eu ainda vi um deles expelindo um verme néon que entrou na pobre coitada da velha. Acho que são esses vermes que tão deixando as pessoas zumbificadas!

Maikon continuava tentando vencer a resistência de seus progenitores enquanto ouvia uma pilha de explicações ridículas, como "o alho da casa vai nos salvar", "eles só atacam pessoas que merecem, são um instrumento de Deus" ou "pode até ser bom levar uma mordidinha no abdômen pra ver se sai um pouco do excesso de gordura."

Em meio a toda essa baboseira, a campainha tocou.

— Não atende, mãe.

É lógico que o pedido de Maikon não foi ouvido e, ao abrir a porta, lá estava a família feliz acompanhada da velhinha. Todos ensanguentados, mordidos e sorrindo.

— Meu Deus, vocês estão péssimos! Mas o Walter, guru das estrelas, acabou de fazer uma live dizendo que, em caso de ataque, é só pegar uma pedra turmalina — gritou a mãe de Maikon para os vizinhos.

Os quatro permaneceram parados na porta enquanto Lilian buscava na sala uma de suas centenas pedras decorativas.

— Vai passar logo, vocês vão ver. Eu mesmo não conheço ninguém que morreu disso, pelo menos. Conheço quem morreu de outras coisas. Aliás, o presidente mesmo acabou de dizer que não acredita nessa história de ataque zumbi. Maikon tá aqui todo nervoso porque é um cabeça-fraca, ainda mais namorando quem namora. — E, enquanto falava, as quatro figuras macabras voltaram-se ao mesmo tempo para Edgard, como em uma coreografia.

— Pai, mãe, pelo amor de Deus, vamos sair daqui.

Com a certeza dos predadores, os quatro invadiram o apartamento. O sangue dos corpos manchou o porcelanato. Maikon estava apavorado com a ideia de ser comido e ter um verme no cérebro, mas lhe parecia ainda mais terrível ter se arriscado para voltar até aquele lugar e salvar a dupla de idiotas que lhe deu a vida. É impressionante como o contexto altera as coisas: em qualquer dia comum o idiota da casa seria o Maikon, mas naquele momento ele era o único sensato e ao mesmo tempo saudável naquele ambiente.

— Família é tudo — disse Maikon para si mesmo.

Em um rompante, Maikon pegou uma luminária de aço da sala e, usando-a como um bastão, acertou em cheio a cabeça do homem zumbi. A pancada o fez cair no chão, provocando uma reação imediata na mulher, na criança e na idosa. Ágeis, os três cercaram Maikon, Edgard e Lilian.

— Por que você fez isso, meu filho? Não foi essa a educação que eu te dei!

— Era só eles pegarem a turmalina e tudo bem, olha.

Lilian ofereceu a pedra à mulher. Em um movimento rápido, a mulher abocanhou a mão de Lilian com pedra e tudo — nada como uma boa dose de dor para acabar com o negacionismo. A criança usou o sofá como apoio e saltou nos ombros de Edgard — apesar dos dentinhos de leite, o pequeno zumbi conseguiu dar uma boa mordida no pescoço. Maikon deu uma pancada forte na nuca da mulher, que soltou a mão ensanguentada de Lilian e caiu ao chão. Então o homem zumbi puxou o pé de Maikon, levando-o ao chão. Dali ele viu o pequeno verme laranja deixar o corpo da criança e entrar no cérebro de seu pai. Antes que o homem o mordesse, Maikon girou pelo tapete e puxou a mãe pelas mãos.

— Vambora! Vamo, mãe!

O caminho até a porta estava livre, a chave fincada na fechadura, eles tinham toda a oportunidade de sair e trancar a trupe, que agora incluía Edgard, dentro do apartamento. Mas uma dor lancinante no braço o fez parar: sua mãe o mordeu e do ouvido dela um verme laranja brotou.

Em um movimento rápido e impensado, Maikon pegou uma das pedras decorativas da sala e acertou em cheio o topo do crânio de Lilian, esmagando o verme antes que ele pudesse entrar na sua própria cabeça. Ela caiu, com a cabeça aberta diante de Maikon. Confuso, ele ainda ficou alguns segundos olhando e pensando como pôde ser capaz de matar a própria mãe. Foi impulso, foi impulso: família é tudo. A mente de Maikon girava por essas frases, mas ele não teve muito tempo. Lilian não estava morta, agora era uma morta-viva. Sendo assim, começou a se levantar. Vendo-se cercado e sem possibilidade de salvar seus pais, Maikon aceitou o destino e correu sozinho, vencendo a pedradas a velha que se colocava em seu caminho, e então saiu pela porta e a trancou atrás de si, deixando presos na cobertura os monstros do seu passado.

Enquanto descia correndo as escadas até o estacionamento, Maikon pressionava o braço, fazendo de tudo para estancar o sangue, torcendo para que a sua teoria sobre a transformação se dar exclusivamente pela contaminação do verme se concretizasse. Na sua mente, uma única pergunta: família é tudo?

5672 BONECOS CABEÇUDOS

Charles é, quer dizer, era viciado em bonecos Funko Pop. Extremamente viciado. Na verdade, chamar de vício é um eufemismo indigno da paixão do colecionador pelas *action figures* confeccionadas em vinil multicolorido de excelente qualidade. Colecionar os bonecos cabeçudos era o maior prazer e o grande propósito da vida de Charles.

Nada o deixava tão emocionado e alegre quanto passar horas e mais horas tirando a poeira das caixas de papelão, garimpando sites da deep web e viajando até convenções internacionais em busca de edições raras e supervalorizadas dos bonecos. Para colocar em números, R$983.567,00 reais já tinham sido investidos na sua coleção de 5672 bonecos Funko Pop. Um dia ele chegaria à marca de 8000 colecionáveis e, quando esse dia chegasse, Charles seria o homem mais feliz do mundo.

Por isso, quando chegou a seu apartamento no sétimo andar do prédio na Barra da Tijuca, o mesmo onde vivia Péu, carregando o pacote com a caixa do Funko Pop número

362 Princesa Leia da linha Star Wars e se deparou com os miolos da diarista espalhados pelos restos mortais de sua coleção, ele não suportou.

À sua frente, os vizinhos fofoqueiros do 702 literalmente devoravam os seus bonequinhos, sugando o sangue e a carne da funcionária que agora estavam espalhados por eles. A coitada fora surpreendida justamente enquanto limpava a extensa e valiosa coleção, espalhando pele e sangue nas *action figures* de 9 centímetros e meio.

Os 5672 bonecos, coitados, não tiveram salvação: 37 anos do maior — e, na verdade, único — projeto da vida de Charles foram pelo ralo. Não importava o que estava acontecendo. Não importava que agora a diarista, com parte do cérebro exposto e alguns membros a menos, estivesse se levantando do chão e unindo-se aos vizinhos na mastigação dos seus Funkos Pop sujos de sangue. Aquele era o seu fim.

Charles caminhou até o parapeito, os zumbis em seu apartamento o seguiram, mas ele se jogou da janela antes que pudesse ser alcançado. Seu corpo atingiu o asfalto no exato momento em que Talitta, estatelada no chão da garagem e com o pé soterrado no intestino podre do cadáver do porteiro zumbi, fechava os olhos, prestes a encontrar a morte.

O estampido seco do corpo colidindo contra o chão e o cheiro de sangue e miolos derramados distraíram a atenção das criaturas, já prestes a devorar a funkeira. Os monstros correram até a comida fresca servida na porta de entrada da garagem. Sem acreditar na própria sorte, Talitta aproveitou a deixa e, com esforço, arrancou o pé de dentro da criatura que se debatia, pegou sua bolsa e correu.

Por toda a rua era possível escutar gritos desesperados. Homens, mulheres e crianças berravam ao encontrar a dolorosa morte no ataque zumbi, seus lamentos pesando a atmosfera e dificultando a respiração de Talitta, que, em pânico, corria pela garagem do prédio atrás de uma saída.

Atraídas pelo sangue do colecionador suicida, novas criaturas, vindas de outros cantos do bairro, se uniram à horda de zumbis na entrada da garagem do prédio de Péu. Juntos, já formavam uma pequena aglomeração ansiosa para degustar os 1,85 metro de Charles, o maior colecionador de bonecos Funko da Zona Oeste carioca.

Talitta se viu encurralada. Ela não teria como atravessar incólume à muralha de zumbis bloqueando a saída. Percebendo que sua única chance de sobrevivência estaria dentro do prédio, subiu a escada de emergência. Enquanto saltava pelos degraus, o ambiente mergulhava ainda mais na desesperadora sinfonia de choros, vidros estilhaçados, gritos, barulhos de mastigação e os malditos uivos dos zumbis.

Talitta estava no segundo andar quando, em disparada, uma família passou por ela.

— Ei! Ei! Não tem como sair por aí, eles bloquearam a garagem!

Talitta tentou pará-los, mas o homem que parecia ser o pai da família a empurrou contra a parede. Desesperado e com uma criança no colo, ele seguiu no embalo, descendo as escadas rumo à garagem. Talitta continuou a subir em direção ao apartamento de Péu, no terceiro andar. Um lance de escadas depois, ouviu os dilacerantes sons de gritos e, em seguida, de carne rasgada. Ela voltou, pulando os degraus a tempo de ver pequenos vermes laranja, regurgitados pelo zumbi que atacara a família, rastejando para dentro do homem e de seu filho.

Ignorando as lágrimas que agora irrompiam pelos olhos, a funkeira voltou para seu caminho, seguiu até a porta de acesso da escada de emergência no terceiro andar, abriu uma fresta e espiou o corredor. A área parecia vazia. Talitta segurou a aliança da avó pendurada na correntezinha em seu pescoço, tomou fôlego e saiu em disparada em direção ao apartamento de seu maior inimigo. Foi então que, na metade do corredor, ouviu o sino do elevador chegando no andar. A poucos metros atrás dela, a porta se abriu, despejando ali quatro criaturas que se lançaram contra Talitta.

A funkeira apertou o passo, correndo ainda mais rápido, o que foi uma péssima ideia, já que seu pé direito estava enlameado pela secreção do zumbi. Já a poucos metros do apartamento de Péu, Talitta escorregou. Ela foi ao chão e se estatelou, perdendo preciosos segundos enquanto tentava se colocar de pé mais uma vez.

Os zumbis estavam mais próximos, roncando enlouquecidamente, velozes com seus bafos quentes e pútridos prestes a alcançar a nuca de Talitta. Ela acelerou, suas coxas queimavam, mas ela já podia ver o tapete com as cores do arco-íris do apartamento 313 bem no fim do corredor.

— Péeeeeeeeeeeu! Abre a porta!

A porta abriu e Talitta se jogou para dentro. Péu bateu a porta e passou o cadeado. Do lado de fora, zumbis batiam cabeças e braços contra a entrada, tentando invadir o apartamento. Ofegante, Talitta caiu de joelhos, seu peito subia e descia como se o coração fosse rasgar a camiseta.

Sentado no sofá com os olhos grudados na TV, Gabs balbuciou:

— O mundo acabou.

A roupa de Talitta estava grudada ao corpo de tanto suor, coberta dos pés à cabeça pela mistura de fluidos do zumbi, resquícios de bolo e sangue. Péu puxou a funkeira pelos ombros e a pressionou contra a parede.

— O que tá acontecendo lá fora, hein? Quem é essa gente? O que tá acontecendo?

Descontrolado, Péu interrogava Talitta, as pupilas dilatadas pelo medo.

— Me larga, tá me machucando — vociferou Talitta.

— O que tá acontecendo? O que você viu? Quem eram aqueles atrás de você?

Talitta não conseguia falar, parecia ter esquecido como falar, só conseguia sentir o compasso forte do seu coração martelando contra o tórax.

— Silêncio! — gritou Gabs. — Olha isso.

Péu largou o ombro de Talitta e cambaleou até o sofá, onde deixou seu corpo cair ao lado de Gabs. Atordoada, a funkeira uniu-se a eles, rastejando até a frente da televisão onde o apresentador do *Jornal Nacional* tentava manter a postura solene enquanto lágrimas começavam a brotar em seus olhos.

— Estamos recebendo de todos os cantos do país relatos de atentados, assassinatos, e o presidente da República declarou que é necessário manter a calma. — Então de algum lugar atrás das câmeras, um grito: — É só uma crisezinha!

— Mais gritos e sons do ataque que se aproxima do apresentador. — Não acreditem nesse imbecil, nesse genocida. Não sabemos a causa disso, não sabemos o que é, o governo não... — Mais um grito e manchas de sangue na lente da câmera. — É o fim do mundo. Filha, se você estiver vendo isso, não esquece: o papai te ama.

Uma multidão de zumbis vestidos em terno e gravata, com crachás pendurados no pescoço, se jogou sobre o apresentador. A versão zumbificada de Marcos, produtor do programa de Péu, rugiu para a lente da câmera e, logo em seguida, a tela ficou preta, indicando que a transmissão foi interrompida.

Espremidos lado a lado no sofá, Talitta, Pedro e Gabriel permaneceram em silêncio na tentativa de atribuir o mínimo sentido ao absurdo do qual estavam sendo testemunhas. Eles não saberiam dizer se minutos ou horas tinham se passado quando Péu cortou o silêncio:

— É o apocalipse.

— Não — respondeu Talitta. — É a porra de um apocalipse zumbi no Rio de Janeiro.

O som e a luz da explosão de um transformador na rua invadiram o apartamento. O prédio mergulhou na escuridão.

Cafuné no fim do mundo

Péu revirou algumas gavetas para encontrar seu antigo gravador de fita, comprado quando ainda era calouro da faculdade de jornalismo. Em sua cabeça aquele objeto antigo, quase pré-histórico em contraste com o celular ao lado, era um símbolo de sua profissão.

Ter um gravador o fazia sentir-se também um símbolo da comunicação, mostrava ao mundo não só a sua genialidade, mas também sua atemporalidade. Com o gravador em mãos, ele sentia-se não um simples comunicador, mas um paladino da informação, um abnegado que guardava os registros da história humana, alguém capaz de fazer um mundo melhor reverberando a verdade. Um ser de sabedoria única que tinha de cumprir seu propósito: sair às ruas em qualquer situação e iluminar os fatos diante dos olhos dos meros mortais.

Com o antigo gravador em mãos, Péu tinha certeza de que estava pronto para cobrir o apocalipse zumbi e ganhar o Prêmio Esso de Jornalismo. Esse era o momento em que ele deixaria de lado a alcunha de um simples fofoqueiro de auditório para um comunicador respeitável e, quem sabe, até retomar sua vida acadêmica.

Imbuído desse espírito, Péu levantou-se, empunhou o gravador e respirou fundo. Com passos firmes e decididos, aproximou-se da janela e esticou os dedos, pronto para colocar a cortina de lado e espiar.

— Não faz isso, Pedro. Tá achando que é quem? — A voz de Gabs interrompeu o movimento e a fantasia de grandeza de Péu.

— Eu tenho que ver o que tá acontecendo.

— Não tem nada.

— Eu sou um jornalista.

— E...?

— Tenho que ver o que tá acontecendo pra poder contar pra todo mundo depois.

A expressão desdenhosa de Gabs acertou em cheio as fantasias de Péu sobre a importância de sua profissão.

— Tem um apocalipse zumbi lá fora! As pessoas precisam saber!

— Se uma pessoa não notou um apocalipse zumbi acontecendo na rua, ela merece morrer, é um caso de seleção natural.

— Mas não é só pra agora! É pro futuro, pro que vai vir depois! A gente tá vivenciando a História!

— Grava aí você falando qualquer coisa. Não precisa ir na janela pra ficar vendo sangue e ouvindo grito de gente morrendo.

— Não é assim, as pessoas querem a verdade, o fato, ali, na hora.

— Para, as pessoas querem qualquer coisa que vem depois das frases: veja aqui, entenda mais, saiba tudo, bomba, por aí vai.

Péu respirou fundo diante da verdade, curvou os ombros e colocou o antigo gravador de volta na gaveta.

— Eu acho que só tava criando coragem, porque eu tô com muito medo, Gabriel.

O sorriso de Gabs era acolhedor, tranquilo e sobrepujava até alguns gritos de desespero e horror que começavam a invadir o ambiente. Péu devolveu o sorriso e o namorado abriu os braços, pedindo um abraço. Péu retribuiu e, mesmo com o som de horror se tornando o barulho de um mastigar esquisito de pele, carne e ossos, os dois ficaram ali abraçados. A impressão é que aquele abraço resistiria a tudo, mas não foi bem assim que aconteceu.

— Eles tão comendo alguém ali — disse Talitta, olhando pela janela da frente, depois de abrir as cortinas sem nenhuma cerimônia.

Ainda abraçados, os dois resistiam, permanecendo naquele momento de afeto. Mas Talitta não conseguia deixar o desespero de lado.

— Eles morderam o pescoço, aí dividiram o braço, a perna e brigaram pela coxa! Foi horrível.

— Pra uma coisa horrível até que você ficou olhando bastante, né?

— Nojo prende a atenção. Tem todo um nicho no Instagram disso. Se não fosse nojento ficaria no mesmo patamar de gatinhos e chihuahuas!

— Foi quase tão nojento quanto os vermes laranja.

— Vermes? — questionou Péu, confuso com a nova informação.

— Não te falei? Quanto eu tava fugindo pra cá, um cara passou por mim. Eu avisei pra não descer mas ele ignorou. Quando eu vi, ele tinha sido atacado por um desses monstros e vários vermes laranja entraram nele.

— Caralho, que viagem — comentou Gabs.

O som de uma pancada seguido pelo estremecimento da janela interrompeu a conversa e desfez o abraço de Péu e Gabs. Impulsivamente, Talitta abriu a cortina de novo e colocou o pescoço para fora, espiando o caos generalizado. Foi quando ela viu, na varandinha do apartamento da frente, com os olhos brilhantes e esbugalhados, um zumbi mastigando o que parecia um pedaço de nariz, enquanto olhava com desejo para o nariz de Talitta.

— Não! Meu nariz, não. O cirurgião que me deu já até morreu!

Talitta fechou a janela e a cortina. Mas aquele não era o único problema. Do outro lado da porta do apartamento, o som dos vizinhos zumbis cambaleando pelo corredor também ficava mais forte. A porta da sala começava a tremer, com gritos e batidas vindos do lado de fora, aparentemente era a hora de comer.

— Vamos bloquear todas as entradas, janelas, porta, tudo. A gente precisa dormir. — Gabs era prático e sabia que não havia muito o que fazer naquela situação. Contudo, a praticidade não causa engajamento quando há zumbis nas janelas.

— A gente não pode ficar aqui, não é seguro. — Péu fechava os olhos e via uma onda de zumbis invadindo o apartamento pelas janelas. No fundo, ele sabia que a rua era um lugar ainda menos seguro, mas seu lado irracional tinha a sensação de que na rua ele poderia correr, pelo menos.

— Não, nada de sair daqui. Eu sou famosa! Vão me mandar um resgate, um helicóptero! Acho que vai ter lugar pra vocês, mas se não tiver eu mando eles voltarem. — A única certeza de Talitta era sua relevância, nada além. Ela poderia estar cancelada, mas continuava sendo dona de um troféu do Prêmio Multishow!

A discussão foi sanada quando as batidas na porta ficaram mais fortes, o ambiente tremeu e, de maneira inédita, um punho atravessou a madeira da porta. Mãos cortadas e pingando sangue adentraram o ambiente. Os três gritaram e correram para o canto da sala. Em um movimento ágil, Gabs correu até a mesa de jantar.

— Me ajuda!

Sozinho, Gabs tentava empurrar a pesada mesa de jantar de Péu para a frente da porta. Péu e Talitta uniram-se a ele.

Péu amava a sua mesa. Amava uma mesa firme o suficiente para transar. De fato, enquanto ele e Gabs contavam até três e faziam força, movendo com um ranger a pesada mesa para a frente da porta, Péu rememorava o sexo bom que ele havia feito com Gabs em cima do móvel não muitos dias antes. Como toda memória, havia também um tanto de fantasia — e até das fantasias ele sentia saudade. Uma saudade que só nasce quando você está trancado em casa e ali parece o último lugar seguro do mundo. Talvez se lembrássemos com mais frequência dessa saudade, sempre valorizaríamos o mundo, a mesa, o sexo, o outro.

A porta estufava de modo ritmado com as pancadas dadas pelos mortos-vivos, o punho sangrento balançando como um pau mole e gangrenado através do buraco.

— A porta vai abrir! — Gabs estava próximo e via a tranca se mover e quebrar o batente a cada nova pancada.

— Empurra, empurra!

Em um rompante de heroísmo, Talitta pulou sobre a mesa e pressionou as costas na porta, contendo um pouco da tentativa de arrombamento.

— Sai daí, Talitta! É perigoso! — Péu falava entre dentes, ainda se esforçando enquanto empurrava a pesada mesa centímetro a centímetro.

Confirmando a preocupação de Péu, outra mão ensanguentada conseguiu colocar-se entre o batente e a porta. Os dedos nojentos e verdes agarraram com força as tranças de Talitta. Ela virou-se para a mão da criatura, rangeu os dentes e, num rompante, pressionou com força a bunda no meio da porta. O impacto da batida amassou o pulso do zumbi. Talitta então manteve a bunda firme no lugar, segurando a porta, enquanto puxava o pulso até ele se romper em uma mistura de sangue e pedaços putrefatos.

— Foca no meu bumbum! É dia de colocar o agachamento à prova, bebê.

Gabs e Péu sorriram um para o outro, orgulhosos da coragem de Talitta. Em um último esforço, eles empurraram a mesa até a frente da porta, esmigalhando a outra mão que pendia pelo buraco, enquanto Talitta saía da frente. Com certeza aquele peso conteria o ataque. Aliviados, os três sentaram-se sobre a mesa enquanto a respiração ofegante deles parecia de alguma maneira em compasso.

Em um movimento rápido, Péu deu um beijão na boca de Gabs. Por alguns segundos pensou em dar um beijo na bochecha de Talitta, mas conteve o impulso.

— Isso é saudade de você.

— Mas a gente tá aqui.

— Saudades porque poderia não estar.

Péu respirou fundo e se recostou na porta. Gabs não entendeu a frase, mas ele não a explicaria, mesmo se o namorado pedisse. Ele sabia que certos sentimentos não se transformam em palavras.

Gabs era pragmático até na hora de dormir. Depois de tudo, recostou-se no tapete da sala e apagou, roncando como se não houvesse amanhã — porque de fato poderia não haver. Já Péu não tinha a mesma capacidade; demorou ainda alguns instantes até se acostumar com os novos sons da noite. Por vezes gritos, por vezes pancadas e quando o silêncio se instalava era ainda pior: primeiro pelo próprio silêncio, segundo pelo fato do silêncio ser acompanhado pelo insistente ruído de mastigação e ranger de dentes. Era um som que causava aflição, que gerava imagens. O som de carne humana sendo mastigada devia ser o som do inferno. *Com certeza era*, pensou Péu.

Mas em meio a um desses silêncios, Péu ouviu baixinho uma voz feminina padrão: "O telefone encontra-se desligado, por favor, tente mais tarde." Com certo estranhamento, ele virou a cabeça na direção do sofá e notou o rosto de Talitta levemente iluminado pela tela do celular.

— Tá olhando o quê? — disse Talitta, sem olhar na direção de Péu. Ele mesmo se perguntava como ela sabia que ele estava olhando.

— Vai reclamar porque tô com o pé no sofá, Pedro?
Péu sabia que não era hora para discussão.
— Tá ligando pra sua avó?

Claro que a pergunta foi um chute, mas um chute bem dado. Péu conhecia Talitta muito bem, a ponto de saber que, caso ocorresse um apocalipse zumbi, Talitta imediatamente ligaria para a avó. Ela era o alicerce da vida da funkeira, o seu amor maior, sua paixão. Talitta fora criada pela avó, e Péu lembrava-se bem dela. De certa forma, Dona Luciana era avó de Péu também: ele gostava de ficar fofocando com Talitta enquanto dublavam "Tears Dry On Their Own" e, antes que a música chegasse ao fim, a avó chegava com um pedaço de bolo para cada um. Péu tinha a teoria de que aquele era um jeito educado de acabar com a barulheira.

Silenciosamente, a mesma memória veio à mente de Talitta. Passando os dedos pela correntinha com a aliança da avó pendurada no pescoço, ela lembrava-se do sabor do bolinho de milho, do cheiro da avó e chegou a articular com os lábios um trecho da música: "... the sun goes down."

— Talitta?
— Sim. Mas não adianta... o sinal caiu.
— Ela tá bem.
— Não sei. Não tem como saber.
— Eu sei. Ela é tão prevenida. Não ia ser um bando de morto-vivo que ia conseguir comer ela.

Talitta sorriu, e Péu retribuiu o gesto.
— Péu.
— Oi.
— Eu sei que é muito estranho pedir isso e eu não pediria se não fosse uma emergência, principalmente depois de você ter feito...
— Desembucha, Talitta.
— Faz cafuné pra eu dormir?
— Faço.

Em pouco tempo ela caiu no sono. Não demorou muito, ele também — os dois assim, nesse afeto torto, de corpo torto, ainda meio constrangidos depois de tanto tempo distantes, mas ainda com a familiaridade de quem cresceu junto.

O dia já estava quase amanhecendo quando Gabs abriu os olhos. Ele havia se acostumado a acordar às 4 da manhã para a insulina, então levantou, foi até a mochila e pegou a última ampola. Respirou fundo, sabendo que seu maior problema não eram os zumbis, mas a manutenção de sua taxa de açúcar no sangue. Bom, não havia muito o que fazer: picou a barriga, olhou para a porta barrada pela mesa, estática. Imaginou por alguns instantes se os zumbis ainda estavam famintos do outro lado, mas logo deixou esse pensamento ir embora. Saber disso não ajudaria em nada. Seguiu sua rotina e deitou-se para dormir por mais duas horas antes de acordar novamente.

Os três dormiam. Até os sons de mastigação haviam cessado. Naquele silêncio absoluto, o som do celular vibrando pareceu um escândalo. Péu, Gabs e Talitta despertaram em um pulo. Era o celular de Talitta! A Garota Bumbum agarrou o aparelho e apressou-se em conferir a tela.

— Minha avó! Minha avó! Alô, vó? Você está bem? ... O quê? Não, vó! ... Eu não preciso de guarda-chuva. Onde a senhora tá? O quê? Deixa a cadeira de rodas! ... Não, sua bolsa não ficou comigo... Onde a senhora tá?

Mas a ligação foi encerrada de maneira repentina.

— E aí? — Péu estava ansioso, querendo notícias.

— Ela está bem. Parece bem. Tá reclamando que a levaram em uma cadeira de rodas e não deixaram pegar o guarda-chuva nem a bolsa. Parece que estavam levando ela para uma ilha, uma ilha segura.

— Mas tá viva, né? — Gabs falou, virando-se para retomar o sono.

— É, tá viva. — Péu não podia discordar de um fato.

— E assim que der vão me pegar aqui, eu sei disso. Já já eu vou encontrar a minha avó.

Os três deitaram-se novamente. Do lado de fora, mais um grito. Mas quando o horror se espalha, os gritos não os acordam mais.

SKINCARE

Gabs foi o primeiro a se levantar. Depois da dose de insulina na madrugada, ele tinha uma rotina matinal que envolvia higiene, planejamento e hidratação. E, enquanto estivesse vivo, ele pretendia cumpri-la, afinal, exigia muita disciplina e foco para manter o corpinho daquele jeito.

Primeiro abriu o chuveiro frio e, tomado pela coragem que só o hábito bem construído dá, tomou seu banho do mesmo jeito metódico que o faria sob um jato de água quentinha. Escovou os dentes, lavou o cabelo e ignorou as manchas de sangue nas roupas de Talitta deixadas no banheiro após o banho dela.

Depois sentou-se por alguns segundos no vaso e, naquele dia, tinha uma única meta: conseguir sua insulina. Logo passou para a última fase do ritual: a hidratação. Geralmente usava óleo de coco misturado com alguma essência orgânica, mas não tinha mais nenhum desses ingredientes em casa e, por razões óbvias, também não poderia sair para comprar. Mas bem ali ao lado, dando sopa, estava o RedCare, o creme de Talitta, o caríssimo produto à base de hemácias e outras células sanguíneas, o mesmo utilizado por Kim Kardashian.

Gabriel leu rapidamente o que constava na embalagem. O creme era uma máscara facial, mas quando a sorte bate à sua porta você deve aproveitar ao máximo: foi o que Gabs fez, e passou o creme com gosto por todas as partes do corpo. O aroma doce que exalava pelo ar levava consigo o cheiro de sangue.

A janela do banheiro dava diretamente para o corredor comum do prédio, e rapidamente o cheiro se espalhou, como fumaça de churrasco no domingo. Aos poucos, uma horda de dezenas de mortos-vivos aglutinava-se na frente da janelinha do banheiro. Todos juntos, guiados pelo cheiro, famintos, se afunilaram, na tentativa de ficar mais próximo daquele inebriante odor.

Alheio a tudo aquilo e focado em sua skincare, Gabs assobiava enquanto cobria com creme o pedacinho do tornozelo que ficou faltando. Olhou-se no espelho, coberto pelo sedoso e avermelhado hidratante, e sorriu diante de seu reflexo.

Até que seu sorriso foi repentinamente encoberto por uma mão que, quebrando o vidro e atravessando a janelinha do banheiro, segurou o queixo de Gabs e começou a puxá-lo.

Gabriel se debatia, tentava gritar, mas o agarrão firme da mão esverdeada e com cheiro putrefato o impedia. Com um esforço do pescoço, Gabs conseguiu ver as dezenas de outras mãos que já se aproximavam, os corpos tentando atravessar a pequena janela do banheiro. Era uma horda do lado de fora, todos esperando o banquete que ele seria. Enquanto esse pensamento o atravessava, a mão nojenta afrouxou a pegada por alguns instantes para, logo em seguida, empreender ainda mais força e dar um puxão. Desprevenido, o corpo de Gabs bateu contra a parede e a janela. Outras mãos, várias delas, o agarravam pela testa, pescoço e ombros, que ardiam com o contato do sangue, sujeira e outras substâncias cadavéricas. Aos poucos, os olhos de Gabriel fechavam.

Na sala, Péu acordou sobressaltado com o som da porta da frente sendo batida de maneira violenta. A mesa que protegia a entrada balançava devido aos esmurros das criaturas. O cheiro do creme havia atraído todos os zumbis do prédio para a frente do apartamento de Péu. Ele sacudiu Talitta, que não teve nem tempo de bocejar. Uma segunda pancada fez a porta ceder e, pela fresta, os dois viram o mar de zumbis prontos para invadir.

— O Gabs, Talitta! Cadê o Gabs?

Nesse momento, o grito do namorado de Péu soou pela casa.

— Socorro!

No banheiro, o rapaz estava com a boca cheia de sangue enquanto cuspia um dedo. O sabor amargo do morto ainda estava em sua língua, ele teve de arrancar com os dentes vários dedos e mãos para conseguir se livrar e, agora, se defendia como podia, girando um secador de cabelo que batia na cabeça dos monstros, impedindo-os de entrar pela janela.

— Socorro!

Gabriel gritava sem esperança. O secador não o defenderia e, a essa altura, ou Talitta e Pedro já tinham virado zumbis ou estariam longe. Enquanto o secador batia na cabeça de um zumbi vestido de fraque e abria seu crânio, uma outra criatura, musculosa, usando shorts, tênis de academia e munhequeira de marombeiro, se lançou pela janela e caiu nos pés de Gabs.

— Mete o pé que meu tornozelo não é whey!

Antes que o morto-vivo bombado abocanhasse a canelinha de Gabs, uma faca atravessou a lateral de seu crânio, espalhando pelo chão massa encefálica e vermes alaranjados. Empunhando as maiores facas que encontraram na cozinha, Péu e Talitta chegaram no banheiro para o resgate.

— Meu creme!

— Eu usei só um pouquinho. É meu sonho de consumo, mas o Péu nunca comprou pra mim!

— Não, seu idiota! É ele que tá atraindo os zumbis! Eles tão quase invadindo a sala também!

Enquanto Talitta e Gabs discutiam, Péu debatia-se contra cérebros, impedindo que outros zumbis entrassem pela janela do banheiro. Vez por outra esmagava vermes laranja que vazavam pelos cérebros das criaturas.

— Vamos! E não deixa essa coisa laranja entrar em você!

Talitta entregou uma faca de pão para Gabs.

— O que eu vou fazer com isso?

— Melhor que um secador. Bora!

Eles trancaram a porta do banheiro e correram pelo apartamento à procura de uma brecha. Os três foram até a suíte principal, fecharam a porta e abriram a janela. Eles poderiam usar o parapeito de apoio para chegar ao apartamento vizinho e escapar dali. Enquanto discutiam sobre o que fazer, a porta da sala foi arrombada, a mesa voou longe, o apartamento de Péu foi tomado pelas criaturas e era questão de tempo até chegarem à suíte, atraídos pelo forte odor do creme.

— É perigoso demais — protestou Talitta. — Se a gente cair é morte na certa!

— Se a gente ficar aqui também!

Percebendo que aquela era a única alternativa, Talitta respirou fundo e se equilibrou para fora da janela da suíte de Péu, caminhando pelo parapeito até chegar à pequena varanda do apartamento vizinho. Péu e Gabs vieram logo atrás. Minutos depois estavam juntos, observando a suíte de Péu ser tomada por dezenas de zumbis.

— Gabriel, a gente precisa tirar isso de você. Você é praticamente um ímã de morto-vivo.

Talitta já tinha visto aquele creme atrair os zumbis antes, no seu carro, e agora ele tinha se mostrado realmente mortal. Um ataque zumbi definitivamente não era o melhor cenário para usarem um creme feito de sangue.

— Como?

— Esse apartamento é da Dona Tânia, vamos usar a banheira dela, acho que ela não vai se importar, deve tá no bingo até agora.

Enquanto Gabs se esfregava dentro da banheira da vizinha, Talitta e Péu olhavam pela janela a rua tomada de mortos-vivos.

— Não vai sobrar ninguém. — Péu estava chocado. A quantidade de sangue e corpos no chão, o cheiro podre da carniça e os urubus sobrevoando tinham acabado com todo o seu desejo de viver.

— Vai, sim! Minha vó tá viva! Deve ter ela e mais gente. Nós vamos viver. Eu me recuso a morrer antes de encontrar a minha avó.

— A probabilidade é baixa, ainda mais ficando neste prédio onde praticamente todo mundo já virou zumbi. Podemos morrer por falta de comida, de água ou eles podem dar um jeito de escalar — disse Gabriel, se enxugando e vestindo as roupas. Ele não tinha as soluções, mas com certeza sabia de todos os problemas.

— Parem, suas bestas. Eu sou Talitta, a Garota Bumbum, e tenho certeza de que lá em cima alguém vai me mandar socorro! Sou importante demais para não ser lembrada. — Talitta deu seu discurso triunfante apontando para o céu e, de maneira estranha, nesse exato momento um helicóptero surgiu no horizonte. Vibrando, Talitta gritou, vitoriosa: — Olha! Olha! Eu falei! Tá aí, um helicóptero! — mas a animação logo deu lugar à preocupação. — Merda, não tem como pararem aqui, precisamos chegar até o topo do prédio se a gente quer ser resgatado.

Os três não tiveram tempo de pegar nada além das facas que empunhavam. Sem o creme na pele, Gabs não era mais um ímã humano de zumbi e eles conseguiram ir pelas escadas de emergência até a cobertura.

Chegaram bem a tempo de ver o helicóptero sobrevoando a área. Talitta corria e gritava na borda da cobertura, sorrindo pela ajuda que vinha dos céus enquanto Péu e Gabs observavam, incrédulos. Mandaram mesmo um helicóptero no meio de um apocalipse zumbi para salvar a Garota Bumbum? O fato é que a aeronave se aproximava rápido, rápido até demais: tudo indicava que ela não ia parar.

— Eles vão passar direto. — disse Gabs, ainda molhado, e parou ao lado de Talitta, segurando seu ombro.

— Não vão. Eu tô aqui! Eu sou Talitta, a Garota Bumbum! Eles vieram por causa de mim!

Mas a aeronave passou alto e rápido demais, deixando em seu encalço apenas alguns panfletos. Péu pegou um dos papéis e leu.

— *Se você consegue ler isso e não é um zumbi, vá até a Base Naval da Ilha de Mocanguê para se salvar. Governo do Rio de Janeiro, a cidade sempre maravilhosa* — leu o jornalista.

O helicóptero sumiu no horizonte, levando junto esperanças e deixando para trás uma tarefa que beirava o impossível. Em meio a um apocalipse zumbi eles teriam de cruzar toda a cidade do Rio de Janeiro, atravessar a ponte Rio-Niterói e chegar até uma base militar.

— Sério que isso é tudo que o governo vai fazer pra lidar com essa crise? Distribuir panfletos e foda-se? Quem chegar nesse lugar aí vive, quem não chegar morre? — berrou Péu, indignado.

Sobressaltada, Talitta voltou a si com um toque frio. Um homem-zumbi jovem e magro agarrou seu calcanhar e Péu instantaneamente o reconheceu como o zelador do prédio, provavelmente atacado enquanto fazia algum tipo de manutenção por ali.

— Talitta! Cuidado!

Serena e sem dizer uma palavra, Talitta pegou no chão o cutelo que Péu carregava e, em um golpe seco, abriu no meio o crânio da criatura. Alguns vermes laranja saíram de lá, os quais Talitta rapidamente esmagou.

— Eu vou matar zumbis e ir até a ilha. Não morro comida por vermes laranja antes de dar um beijo na minha avó e ver minha música se tornar a mais tocada no mundo. — enfatizou Talitta, com sangue nos olhos, e virou-se para Péu e Gabs.

— Estão comigo ou com eles?

Talitta não esperou pela resposta; pelo contrário, tomou impulso e, em uma distância de 50 centímetros, saltou para a cobertura do prédio ao lado. Péu e Gabs trocaram olhares. Com certeza só havia uma resposta: eles estavam com Talitta e, repetindo os movimentos dela, a seguiram, buscando uma saída daquele pesadelo.

DE LAJE EM LAJE

Os três avançaram do jeito que podiam. As ruas estavam tomadas por criaturas, então o trio seguia pulando de prédio em prédio, aproveitando a proximidade das construções como playbas praticantes de parkour da Barra da Tijuca. De maneira desajeitada, mas constante, os três escalaram telhados, terraços e coberturas. Por mais que a aventura parecesse perigosa, ainda transmitia mais segurança do que andar no asfalto repleto de zumbis e seus vermes.

— Pelo que sabemos então essa gente come gente, fica surtada quando sente cheiro de sangue e expele vermes néon que transformam a gente em zumbi também, é isso? — disse Gabs ofegante sobre um dos telhados, as mãos nos joelhos, ofegante, buscando o ar depois de minutos incessantes de correr e saltar.

— Sim, garoto! Tá achando que isso aqui é novela pra ficar repetindo sempre a mesma coisa? — respondeu Talitta, impaciente para seguir a fuga.

Mas a segurança proporcionada pelo trajeto nas alturas terminou quando Péu, Talitta e Gabs chegaram a um terraço que dava apenas para uma larga avenida e, depois, o mar. Nada nas laterais, nada à frente. Eles poderiam voltar, obviamente, mas não era o caminho deles.

— A gente precisa descer, pegar um carro e atravessar a cidade — Talitta falava, cheia de uma certeza que poucas vezes Péu testemunhou na menina. Mentira: ele testemunhou, sim, muitas vezes, essa certeza, mas tempos atrás, quando os dois eram apenas amigos de infância. Às vezes, a fama traz insegurança, ele pensou.

— E ser comidos por zumbis, ter o corpo invadido por vermes laranja e ficar como eles? — questionava Gabs, seu pessimismo, como sempre, contagiante.

— Ficar aqui em cima nos dá melhores perspectivas?

Gabs encarou Péu, pensando por alguns instantes em uma resposta.

— Não.

Enquanto os dois falavam, algumas gotas pesadas de chuva começavam a cair. Talitta abriu a porta da escadinha que levava à cobertura.

— Aonde você vai?

— Eu conheço este lugar. É o condomínio do Maikon. É o melhor lugar pra achar um carro.

— E se a gente morrer aí?

— Aqui pelo menos morreremos secos, melhor que morrer ensopado.

Talitta não tinha mais paciência para esperar. Na cabeça dela um único pensamento: se fosse pra morrer, que fosse tentando chegar até sua avó. A chuva caiu em uma torrente. Péu e Gabs a seguiram, fugindo da tempestade que começava a se formar.

*

Os três desceram as escadas escuras e silenciosas com a maior discrição possível. Talitta, confiante e familiarizada com o lugar, ia à frente: ela tinha um plano para sair dali com um carro.

Vez por outra um deles enfiava o pé em uma poça de sangue. Em um desses momentos, Péu escorregou, tentou apoiar-se no corrimão e acabou acidentalmente tocando em uma massa esponjosa, que o fez paralisar.

— Silêncio.
— Acho que peguei em um pedaço de cérebro.
— Joga fora e continua.
— Ou come, tem proteína.

Gabs riu da própria piada, sem conseguir ver a expressão de nojo do namorado na escuridão. Talitta emitiu um chiado, pedindo que ficassem quietos, e os dois obedeceram. Eles até esperavam algum ataque depois disso, mas tudo parecia estranhamente quieto quando entraram pela porta de serviço da cobertura.

A porta do apartamento de Maikon estava aberta e eles entraram com cautela. Um pouco mais experientes no combate aos zumbis, trataram logo de se armar com os utensílios da cozinha: um bom jogo de facas, cutelo, até martelo de carne, tudo virou arma em potencial. Em pouco tempo, Talitta, Péu e Gabs pareciam guerreiros vikings fashion de uma série de streaming. Cobertos de sangue, armados até os dentes e usando roupas que ninguém nunca conseguiria na era medieval.

As paredes tinham marcas de sangue por todos os lados, com certeza alguém batalhou muito por ali. Mas não havia sinal de zumbis, de Maikon ou mesmo de sua família. Gabs e Péu tentaram dar os pêsames a Talitta. Parecia óbvio que seu noivo havia se tornado um zumbi, ou no mínimo tinha sido devorado por um ou centenas deles.

Talitta não perdeu tempo com a tristeza, ainda remoía o rancor pela traição ao vivo de Maikon, deixando o peso do mundo cair sobre as costas dela, mas a morte era um preço alto demais para pagar por aquilo, nem nos seus devaneios mais sádicos de vingança Talitta sonharia com a transformação de Maikon em um zumbi. Então ela colocou logo em prática a primeira parte do plano, pegar o controle do portão da garagem e as chaves dos carros da família do noivo. E lá estavam, dando sopa sobre a mesa: as três chaves. Péu não entendia para que tanto carro, mas não era hora de questionar o gosto automobilístico da classe média alta. Talitta pegou as chaves e os três seguiram pelas escadas, retomando a descida cuidadosa enquanto carregavam nas mãos as maiores facas que conseguiram encontrar.

— Será que eles morrem com chuva? — Péu não tinha fé no que dizia, mas não tolerava muito o silêncio.

— Duvido.

A descida de 20 andares continuou, tensa, mas sem riscos, até que o som dos gemidos soou baixo, subindo pela escada.

— Eles estão perto.

— Estão no estacionamento. — Talitta sabia que bastava descer mais dois lances e eles chegariam ao andar da garagem. Ela já tinha experimentado algumas aventuras sexuais com Maikon nas escadas daquele prédio, conseguia identificar de onde vinham os barulhos.

Eram bons tempos do casal, e Talitta chegou a suspirar com a lembrança. Agora ela estava quase certa de que o noivo não existia mais na forma humana, no entanto, isso não a abalava. Talvez fosse a adrenalina, ou talvez a descoberta de que aquele era um casamento que poderia acontecer até sem nenhum noivo. No final do dia, toda aquela história com Maikon era um casamento de Talitta com ela mesma, sua própria imagem, o noivo não passava de um acessório, uma parte do jogo. E a verdade é que foi esse o pensamento que fez Talitta derramar uma pequena lágrima, perdida na escuridão.

Parados, ouvindo os gemidos entrecortados pelo som de trovões que anunciavam a tempestade lá fora, Péu, Gabs e Talitta espiaram pela fresta da porta corta-fogo da garagem a movimentação de centenas de zumbis, antigos moradores do prédio que vagavam por entre os veículos como se procurassem por alguém.

— Até quando viram zumbis essa gente continua obcecada com carros? — Péu não gostava mesmo de carros.

— Eles estão procurando alguma coisa.

— Ou alguém. Devem estar famintos. — Talitta não conseguia enxergar muito naquela escuridão, mas notou, estacionado em uma vaga próxima, o carro de Maikon.

Talitta fechou a porta e, agachada, repassou rapidamente a ideia de se esgueirarem por baixo dos veículos até que alcançassem a porta do carro. Ali abririam a porta e, ainda se arrastando, entrariam no carro. Depois disso, deveriam atropelar o bando de zumbis, acionar o portão da garagem e dirigir rumo à liberdade.

Tudo ocorreu conforme o esperado. Abriram a porta, se arrastaram para dentro do carro e deram de cara com Maikon, encolhido no fundo do banco traseiro e todo ensanguentado. Talitta ia gritar de susto, mas foi contida a tempo por Gabs que tapou a boca da funkeira. Já Maikon não se conteve e acabou gritando, aterrorizado. O som ecoou por toda a garagem, fazendo com que os vizinhos zumbis do noivo de Talitta encontrassem a carne fresca que procuravam.

— Porra, Maikon, não fode! Sou eu!

Sem muito tempo, Gabs colocou a chave na ignição e deu partida no carro. Talitta se acomodou como pôde no banco do carona, enquanto Péu acalmava Maikon.

— Não me comam! — era tudo o que o jogador gritava.

— Maikon, a gente não é zumbi. A gente tá aqui, conversando e fugindo com você.

— Ta... Talitta? Você tá viva?!

Maikon tentou abraçar Talitta mas ela logo o afastou. Gabs colocou a alavanca do Volvo automático em D e pisou fundo no acelerador. O motor roncou, fazendo com que as rodas patinassem e emitissem um som estridente. Na frente dele, os pais de Maikon em sua versão zumbi foram atropelados em um instante. Maikon ainda se virou a tempo de ver pelo vidro traseiro o pai tentando recolocar no lugar o braço da mãe, arrancado pelo impacto.

— Abre o portão, Talitta! — gritou Gabs enquanto o carro acelerava em direção ao portão fechado.

Alguns mortos-vivos ainda tentavam se agarrar na lataria, mas Gabs jogava o carro contra a parede, estilhaçando os corpos moribundos. Em instantes, a garagem estava tomada de sangue e membros perdidos.

— Abre logo.

— Já apertei o botão, ela é lenta.

Gabs acelerava na direção do portão que se abria lentamente. Por baixo dele, a água da tempestade que caía do lado de fora começou a escorrer para dentro da garagem.

— Dá meia-volta, não vai dar tempo — Maikon se apoiava no banco da frente e tentava alcançar o volante, acreditando que poderia ter algum controle daquela situação.

— Você foi mordido? — perguntou Talitta, olhando a marca no braço sangrento de Maikon

— Minha mãe, cara! Minha mãe!

— E você não se transformou? Viu! Eu disse, o problema são os vermes!

— Podemos deixar as reiterações pra outra hora? Gabriel, essa merda vai bater!

Péu segurou a mão de Talitta, vendo o risco que era deixar aquele homem transtornado no controle. Indiferente a tudo, Gabs só acelerava. A verdade é que ele não tinha mais muito medo, dentro dele não havia nem mesmo muita esperança. Morrer espatifado dentro de um Volvo era melhor do que virar zumbi. Morrer espatifado era uma chance de ir para o céu, virar zumbi era a certeza de continuar naquele inferno.

— Gabs! Volta! — Até mesmo Talitta ficou assustada com a velocidade. O portão ainda estava na metade e parecia que ela seria decapitada por ele, mas Gabs não parou.

Subindo a rampa da garagem a mais de cem quilômetros por hora, o Volvo bateu com o teto no portão de alumínio de maneira violenta. Todos dentro do carro abaixaram a cabeça, menos Gabs, que continuou acelerando e com os olhos fixos na saída. O carro balançou com o impacto, escorregou no piso encharcado, bateu nas paredes laterais, por fim se aprumou e seguiu, com o teto amassado, mas todos os ocupantes inteiros.

Porém, pior do que o portão era a tempestade do lado de fora. A rua estava completamente alagada, fazendo o Volvo sofrer para vencer os bolsões de água. Nas laterais da rua, onde o nível de água era maior, dezenas de mortos-vivos passavam boiando em uma mistura caudalosa de água de chuva, esgoto e sangue.

— Vira, vira aqui! — Maikon gritava desesperado, mas Gabs não lhe deu ouvidos e seguiu.

O problema é que à frente não havia mais rua. A água estava tão alta que Gabs não notou que o que existia ali era um canal. O Volvo embicou e ficou preso, fazendo a água entrar pelas janelas. A correnteza forte começou a empurrar a lateral do carro.

— Abre a porta! — Gabs gritava para Talitta.

— Não consigo! A gente tá preso!

A correnteza fazia força contra as portas, impedindo que fossem abertas. Maikon se desvencilhou de Péu, esticou o braço e acionou o teto solar. Para seu alívio, o danado abriu.

— Vai! Pelo teto, geral!

Gabs pulou na frente e dali saltou para um ponto sem correnteza. Maikon apoiou Talitta, que fez o mesmo. Logo em seguida, saiu do Volvo e puxou Péu.

— Não, eu não consigo pular daqui. — Péu nunca foi um atleta, suas pernas estavam bambas depois de tanto correr e saltar, de forma que mesmo um salto de um metro como aquele parecia, para ele, morte certa. Ele sabia que se errasse seria arrastado pelo canal e viraria comida de peixe. Talvez de peixes-zumbis.

— Consegue, eu te ajudo.

A correnteza batia na lateral do carro com força exacerbada, fazendo o Volvo começar a se deslocar. Maikon contou até três e, com as mãos fortes na cintura de Péu, o impulsionou, dando alguma força para seu salto. Péu caiu desconjuntado no meio da água do outro lado do canal, mas vivo.

Uma correnteza ainda mais forte começou a arrastar o carro. Maikon se equilibrou, surfando sobre o teto.

— Maikon, sai daí agora! Tô mandando! — Talitta não tinha sentido falta quando o perdeu, mas sabia que sentiria agora que tinha o noivo ali, de volta, ressuscitado, mesmo depois de toda a merda que ele tinha feito. Essas coisas de apego e amor que a gente não entende.

— Tô tentando.

O carro andou alguns metros, mas os treinos de Maikon no Volta Redonda serviram de alguma coisa. Ele agachou, tomou impulso e em um impressionante salto alcançou a outra margem, caindo em um rolamento e parando bem diante de um braço zumbi que emergia em meio ao esgoto.

Debaixo de chuva eles corriam como podiam, fugindo de zumbis que brotavam em meio aos bolsões de água. Vez ou outra alguns agarravam a perna de um deles, e logo tinham os braços decepados pelas facas que haviam pego na casa de Maikon.

No meio da tempestade, conseguiram chegar a um local mais alto. Ali explicaram para Maikon tudo o que sabiam, que as pessoas se tornavam zumbis graças aos vermes laranja, que se alimentavam de carne humana antes de o verme entrar no hospedeiro, e que havia um local seguro em Niterói, onde estava a avó de Talitta, e era para lá que eles iam. Maikon se sentia parte do grupo, o tipo de coisa que precisa acontecer quando você encara um apocalipse.

Mas, depois de terem perdido o Volvo na tempestade, eles ainda precisavam de um carro. Aquela era a melhor maneira de sair dali e ficarem menos expostos às criaturas.

Em meio ao caos que representava aquela invasão zumbi em um Rio de Janeiro alagado, encontraram um velho Chevette repleto de sangue. Tudo ali indicava que o motorista fora atacado e, talvez, fosse um dos mortos-vivos que, na esquina do outro lado, mastigava ratos expulsos dos esgotos pela enchente.

Aproveitando-se do momento de lanche das criaturas, os quatro entraram no Chevette, o limparam da melhor maneira o sangue nos bancos e deram partida, descendo a rua e continuando sua fuga pela sobrevivência.

Pipoca de micro-ondas

A tarde já estava virando noite. O Chevette avançou o quanto podia pelas vias expressas da cidade, mas não o suficiente: o carro morria de dez em dez minutos e várias ruas estavam alagadas e repletas de carros parados, que atravancavam todo o caminho. Sem muita saída, foram por vias vicinais, muitas vezes se perdendo e sem saber para onde ir mas sempre com a sensação de que rodavam, rodavam mas não conseguiam escapar daquele inferno de Barra da Tijuca.

O pior é que nenhum dos quatro reconhecia exatamente o lugar em que estavam, sempre que deixavam de ver a estátua da liberdade do shopping New York, Talitta perdia um pouco o seu referencial de localização e ali não tinha sinal daquela escultura clássica da Barra.

Para piorar, a chuva dificultava a visão do caminho. As ruas vazias, que em outros tempos seria um sinal de alerta, naquele momento representava alívio. Havia poucas casas no entorno, muitos terrenos baldios, ferros-velhos, oficinas e galpões. Péu acreditava que pouca gente devia morar por ali, o que justificava a quase ausência de zumbis. Aquele raciocínio fez sentido para todos — raciocínios que trazem segurança costumam ser rapidamente aceitos, nada mais reconfortante do que ouvir da boca do outro exatamente o que a gente espera que seja verdade.

Gabs encontrou um posto e parou, seguir dirigindo naquelas condições seria suicídio. Os quatro desceram, armas em punho, mas por ali não havia nenhum sinal de mortos-vivos. No fundo do posto havia uma loja de conveniência aberta e intocada. Os quatro aproveitaram para abastecer o carro, entraram na loja, se secaram, beberam um pouco de água, refrigerante e se alimentaram de salgadinhos, biscoitos, balas e o que mais conseguiram encontrar. Naquele momento, tudo parecia mais saboroso. Havia até um banheiro equipado de chuveiro nos fundos, que eles usaram para tomar um banho e lavar suas roupas como podiam.

Abrigados, com roupas limpas e alimentados, apagaram as luzes e acenderam uns pequenos abajures a pilha vendidos pela loja de conveniência. Assim decidiram ficar, esperando a chuva passar, comendo pipoca de micro-ondas, bebendo o que tinha de alcóolico nas geladeiras e conversando no meio do fim do mundo. Não parecia uma boa ideia sair naquela escuridão chuvosa, a cidade estava alagada, não tinham alternativa a não ser esperar. E, de mais a mais, todos estavam sentindo-se protegidos e acolhidos ali, juntos.

Mas o conforto é uma sensação esquisita. Pessoas confortáveis tendem a se iludir, a acreditar que não precisam mais do outro, mas, principalmente, pessoas em uma posição confortável demais perdem o afeto de vista. Pessoas confortáveis e bêbadas, mesmo em meio a um apocalipse, ainda são capazes de querer confusão.

— Péu, agora me diz, por que você quer destruir minha carreira, sua bicha invejosa? — Talitta queria encrenca, sentia-se segura o suficiente para isso depois de ter decepado alguns membros de mortos-vivos.

— Não tem mais carreira, Talitta. Zumbi não vê vídeo no YouTube, não conhece Spotify e não compra ingresso de show. Eles nem conseguem falar a palavra Bumbum.

— Mas quando tudo isso passar...

— Se isso passar ninguém nem vai lembrar que você trepava com outro. — Gabs não queria ouvir aquela ladainha.

— Pois é, nosso Maikon aqui fez questão de garantir que o Brasil inteiro me chamasse de traidora — disse Talitta dando tapinhas nas costas do noivo.

Constrangido e cabisbaixo, Maikon fez coro as palavras de Gabriel, repetindo que ninguém mais se lembrava daquilo.

— Mas vão lembrar, com certeza. Se eu fosse um homem era só entrar no BBB e pronto, tava perdoado. Mas euzinha aqui vou ser crucificada. E o Maikon, que era corno, sabendo e gostando, ainda vai pagar de bom moço.

— Se isso voltar ao normal, eu juro que conto a verdade — Maikon dizia com a voz embargada de choro e a cabeça baixa.

— Você falar a verdade? Se alguma coisa une nós quatro aqui é a habilidade de contar uma mentira.

— Você não me conhece o suficiente pra falar isso, eu não minto — disse Gabriel.

— Do que eu chamo quando você fala que ama o Péu?

Talitta riu sozinha e, para sua surpresa, Péu também deixou escapar um risinho. Com exceção de Maikon, todos riam com a piada.

— Que foi, Maikon? — Talitta saiu do modo barraco quando seu coração foi tocado pelo sofrimento dele.

— Meus pais, minha família. Eu perdi todo mundo. Eu perdi minha família inteira. Eu sempre quis dar orgulho pra eles, mesmo jogando mal eu consegui, sabe? Tudo bem que eles queriam que eu fosse capa da *Forbes* e eu só saí no *Meia-Hora*, mas meu pai até guardou a matéria na gaveta de cueca. Agora o futuro chegou e trouxe o apocalipse junto. Que inferno! Isso não é justo!

Todos ficaram em silêncio, entristecidos, olhando um ao outro sob a luz fraca das pequenas lâmpadas LED amareladas. Talitta deu em Maikon um abraço carregado de carinho. Ela nem se lembrava da última vez que havia abraçado Maikon assim. Ele se entregou e chorou no ombro de Talitta, desabou como uma criança. O desespero do início do luto havia chegado com o fim da adrenalina.

— Eu amava meus pais.

— Eu sei. Eu sei.

Péu e Gabs se levantaram devagar, respeitando o momento dos dois. Talitta e Maikon ali ficaram por um bom tempo, entre lágrimas e soluços, abraçando-se. Era o contato físico mais longo e mais profundo de suas vidas, e os dois, naquele instante, se perguntavam se teriam sentido tanto amor um pelo outro antes. Sabiam a resposta: não, não teriam. E, de alguma maneira, estranhavam o fato de estarem se amando mais em um mundo com mais zumbis do que humanos.

Altinha

Com a ajuda de Péu, Gabs revirou algumas prateleiras — eles tinham pouca esperança de encontrar insulina numa loja de conveniência, mas quem sabe? Sua última dose tinha sido tomada ainda no apartamento de Péu, o horário do remédio se aproximava, e nada de insulina. Até cogitaram ir à farmácia, mas o silencioso, chuvoso e escuro mundo do lado de fora não era nada convidativo. Gabs abraçou, beijou e agradeceu Péu, mas lhe disse para ir dormir. Pela manhã encontrariam um monte de farmácias e conseguiriam a medicação. Gabs já havia perdido uma das doses, mas ainda podia aguentar.

Talitta e Maikon dormiram abraçados no chão. Péu apagou as luzes e ficou abraçadinho com Gabs no escuro, os dois falando sobre suas vidas: Péu relembrou a infância com Talitta, um tempo que parecia idílico. Os dois eram unha e carne. Talitta admirava a inteligência de Péu, e Péu amava o carisma e a capacidade de liderança de Talitta. Foi Talitta quem o encorajou a assumir sua homossexualidade, ficou ao seu lado quando chegou ao fim o relacionamento de anos com Júlio, o militar que, até então, fora o amor da sua vida. Dormiram juntos muitas noites, e Talitta o encorajava a realizar seus projetos de vida.

A verdade é que muito do que Péu gostava em si mesmo ele havia aprendido com ela, o que só aumentava o remorso pela exposição que causara da amiga que, mesmo do seu jeito torto, agora se esforçava para salvar a sua vida. Enquanto conversava com o namorado, as mãos de Péu quase foram até o ponto de sua coxa onde ainda era possível ver a mancha roxa deixada pelos seus próprios beliscões. Ele quase voltou a se machucar, mas respirou fundo. O mundo inteiro já queria machucá-lo, ele não seria, mais uma vez, o seu próprio inimigo.

Já Gabs falou de seus pais, que estavam no interior de Minas. Ele cresceu trabalhando na terra, plantando junto com o pai. Saiu de casa sem contar a nenhum deles que gostava de meninos — tudo o que queria era saber se ainda estavam vivos e lhes contar tudo, abrir o coração. Queria rever a família, abraçá-los em todas as suas qualidades e defeitos. Mas, diferentemente de Maikon, Gabs não tinha nem a certeza se poderia ou não sofrer seu luto.

Cansado, Péu começou a vagarosamente fechar os olhos. Gabs afagou seus cabelos de um jeito carinhoso. Sentiu o pênis de Péu enrijecer no tesão que surge entre o sono e a vigília. Escorregou a boca pelo corpo macio do namorado, beijando de leve cada parte. Os dois deram um suspiro baixo, e Gabs colocou o pau de Péu na boca. Sentindo o membro pulsar, sugou, ouvindo os gemidos contidos do parceiro até ele gozar. Agradecido, Péu beijou a boca molhada do parceiro e retribuiu com ferocidade, chupando-o com a mesma vontade, o mesmo carinho até sentir o gozo quente do parceiro em sua boca. Relaxados e com o cheiro um do outro, ficaram entrelaçados no silêncio da loja de conveniência.

Péu dormiu e Gabs aguardou ouvir o ronco do namorado para certificar-se de que o sono era de fato profundo. Com movimentos calculados, Gabs dirigiu-se ao fundo da loja, trancou-se no banheiro e ligou o celular. Tenso, ele batia o pé durante o tempo que o aparelho levava para iniciar. Para sua felicidade, havia sinal ali e sua bateria ainda estava na metade. Abriu o aplicativo de mensagens e, apesar de algumas dezenas estarem acumuladas aguardando resposta, ele ignorou todas, menos uma — uma mensagem de áudio de sua mãe que dizia: "Filho, estamos trancados na fazenda. Tentaram atacar ontem, mas resistimos com os vizinhos. Vem pra casa! Volta pra Minas!" Gabs chorou enquanto respondia: "Mãe, eu tô bem, eu tô voltando. Eu te amo, mãe!" Ainda chorando, Gabs desligou o aparelho, guardou-o novamente junto ao corpo, enxugou as lágrimas com papel higiênico e, com cuidado, entrelaçou-se novamente em Péu. Então, adormeceu.

Enquanto nossos sobreviventes desfrutavam do descanso, o dia amanhecia e um grupo de cinco mortos-vivos se aproximou do Chevette estacionado. Como todo Chevette, abri-lo era uma tarefa fácil, e os zumbis assim o fizeram. Eles lamberam o banco manchado de sangue e depois se olharam, entediados. Zumbis entediam um ao outro. Um deles, maior e mais forte, deu uma sacada em um mais magrelo, agarrando seu cabelo. Em um movimento brusco, começou a puxar com força, em uma tentativa de arrancar a cabeça do corpo. Os outros três mortos-vivos observavam a cena sem compreender a razão daquilo. O zumbi mais forte, então, abriu o capô do carro, colocou o pescoço do magrelo embaixo e bateu com toda a força. Bateu duas, três, quatro vezes, até ouvir a cervical se quebrando em um som oco de ossos, carne e ligamentos. Dando-se por satisfeito, puxou novamente a cabeça do magrelo pelos cabelos, separando-a do corpo.

Com um sorriso no rosto, começou a usar a cabeça decepada como uma bola de futebol, fazendo algumas embaixadinhas desajeitadas. Logo as bizarras criaturas, que um dia foram humanas, deram início a uma roda de altinha, em que perdia quem deixasse a cabeça cair no chão. Enquanto isso, o corpo do magrelo vagava com vermes alaranjados derramando-se por sua traqueia exposta. Até que um dos zumbis deu uma bicuda na cabeça do magrelo. A bola improvisada voou até colidir com a janela da lojinha do posto onde nossos sobreviventes descansavam, alheios à proximidade da morte e ao fato de que, em alguns segundos, uma cabeça de zumbi atravessaria a janela.

Zumbis veganos?

— **E**u engulo, Kaiooooo!
Maikon acordou berrando o nome do ex-amante de Talitta quando o vidro da janela da loja de conveniência se despedaçou acima dele, cortando sua pele. Com sangue escorrendo pelo rosto e braços, era a própria Carrie, isto é, se Carrie fosse um jogador de futebol preto de quase dois metros de altura.

Maikon olhou para o alto a tempo de ver, em um grande borrão, a explosão de vermes laranja-néon. As pequenas criaturas vazavam de dentro da cabeça do zumbi magrelo que cruzava a loja, centenas de bichinhos minúsculos, brilhantes, hipnotizantes como fogos de artifício, *baby, you're a firework...*

— Sai daí — gritou Talitta, colocando-se de pé em frente ao escarcéu. — Se esses bichos entrarem em você, tu tá fudido!

Em um ato reflexo, Maikon se abaixou, colocando as mãos sobre a cabeça, mas, ainda assim, parte da chuva de vermes néon despencou sobre ele. Do lado de fora da loja, o tronco sem cabeça do zumbi arrastava-se pelo asfalto, à procura de seu membro faltante que, no interior da lojinha, caiu no chão e rolou até os pés de Gabs, atordoado após o súbito despertar. A gay deu um berro. Apesar de descolada do corpo, a cabeça putrefeita ainda parecia viva, movendo os lábios e piscando os olhos esbugalhados.

— Faz alguma coisa! — Gabs gritou em direção a Péu.

Ainda letárgico, o jornalista saltou para dentro do balcão da lanchonete. Olhou de um lado para o outro, procurando alguma quinquilharia passível de ser usada como arma. À sua direita, ali estava: um micro-ondas. Não era o ideal, mas ia dar pro gasto. Péu arrancou o aparelho da tomada.

No lado oposto da loja, Maikon se esgoelava, acertando tapas pelo próprio corpo na tentativa de afastar os vermes de si. Com patinhas invisíveis a olho nu, os seres extraterrestres faziam cócegas por onde andavam, o que dava um verniz de bizarrice para a imagem daquele homenzarrão simultaneamente gritando, rindo e se estapeando.

Talitta pegou um aerosol inseticida de uma das prateleiras e apontou para o rosto de Maikon.

— Fecha os olhos! — Ela pressionou o spray e o potente jato atingiu Maikon em cheio.

— Meus olhos! — gritou o jogador.

— Eu mandei fechar, porra!

Maikon tossia sem parar, e os vermes, aparentemente imunes a mata-baratas, ainda o percorriam à procura de um orifício onde pudessem penetrar.

— Tira isso de mim, tira isso de mim! — gritava e gargalhava Maikon com os olhos lacrimejando enquanto arrancava a camiseta na tentativa de aliviar o incômodo.

Talitta lançou-se pela lojinha, alcançou uma geladeira e pegou duas garrafas de refrigerante. Ela correu de volta para o noivo, sacudindo freneticamente as garrafas PET. A poucos centímetros dele, abriu as tampas. Quatro litros de refrigerante explodiram sobre Maikon. Finalmente os vermes descolaram da pele dele, carregados e afogados pela correnteza mortal de açúcar, água, xarope e gás.

— Vovó tava certa quando falava que essas bebidas matam.

Um grito soou no fundo.

— Morre, desgraçaaaaa!

Eles se viraram a tempo de ver Péu largar o micro-ondas sobre a cabeça morta do zumbi, esmigalhando-a contra o chão.

— Pra que isso? Depois eu que sou estúpida! — protestou Talitta, aproximando-se de Péu e Gabs.

— Tava viva! — respondeu Péu. — Não é estourando o cérebro que se mata zumbi?

— Foi um erro ficar aqui. Eu falei que a gente não devia parar pra dormir! — protestou Talitta.

— Falou porra nenhuma, Talitta! — rebateu Péu.

— Mas eu pensei em falar!

— Gente, eu odeio interromper o barraco, mas olha!

Com a mão trêmula, Gabs apontou para a janela estilhaçada. O quarteto engoliu em seco ao se deparar com o grupo de zumbis musculosos que se espremia por aquele espaço minúsculo, alargando a abertura com seus próprios corpos.

— Viu! Eu mandei fazer silêncio!

— É o sangue que atrai eles! — respondeu Gabs, apontando em direção aos braços cortados de Maikon.

— Meu mano, isso é história de zumbi ou de vampiro? — questionou Maikon.

— Zumbis, vampiros, foda-se! A gente precisa meter o pé! — ordenou Talitta.

Mas antes que eles sequer saíssem do lugar, a janela cedeu completamente aos esforços dos mortos-vivos. O esquadrão de zumbis marombeiros rolou para dentro da loja de conveniência.

Gigantes e musculosos, havia exatas 8 horas e 13 minutos aqueles formavam um grupo de personal trainers veganos a caminho de uma competição estadual de Crossfit. Não que essa informação seja lá tão importante, mas daí você pode entender o desespero dos nossos protagonistas quando aqueles *walking dead* com esteroides brochantes avançaram na direção deles.

— Eu distraio eles, vocês fogem! Se eles atacarem, mirem na cabeça de cima!

Sem camisa, Maikon correu ao encontro das criaturas. O jogador levantou uma prateleira de salgadinhos e arremessou contra eles. Dois zumbis tombaram no chão, mas os outros escaparam, correndo pelas gôndolas.

— Girl, ele acha que a gente tá num filme da Marvel? — comentou Gabs.

— Ai, mas o pior pra mim foi a piada sobre as duas cabeças — respondeu Talitta.

Enquanto Maikon se digladiava com os dois zumbis, as outras criaturas avançavam pelas laterais. Famintas, aproximavam-se de Talitta, Péu e Gabs.

— Já sei!

Talitta deslizou até a prateleira de vinhos e espumantes na lateral oposta, chamando a atenção de um dos monstros, que disparou a toda velocidade na direção da funkeira, enquanto ela observava a sessão de bebidas à procura de uma arma em potencial. A cachaça já tinha salvado sua pele algumas vezes no mundo pré-apocalipse, e agora salvaria novamente.

— Perfeito! — Talitta comemorou para si mesma enquanto encarava uma gigantesca garrafa do vinho mais barato do Rio de Janeiro.

Com as duas mãos, a Garota Bumbum levantou o galão de cinco litros de Cantina da Serra e concentrou as forças na coxa, fazendo valer cada uma das aulas de spinning. Concentrada como um atleta olímpico, suas sobrancelhas quase se encontravam de tão franzido que estava o cenho. O monstro estava a centímetros de Talitta, pronto para atacar. Ela fechou os olhos, deu impulso com o quadril, girou no próprio eixo e soltou o garrafão de vinho. O galão estourou na têmpora do zumbi, que urrou e enevoou os sentidos de Talitta com o odor de banheiro de boate depois das 5 da manhã que saía de seus poros. O monstro crossfiteiro tombou, desmaiado enquanto o líquido roxo voava para todos os lados, encharcando Talitta. Mais uma vítima da Cantina da Serra.

Atordoada pelo impacto e limpando os olhos cheios de vinho, Talitta só percebeu o segundo zumbi se aproximar quando já era tarde demais. Ele se lançou contra ela, a bocarra arregaçada, ansioso para arrancar um naco de carne da Garota Bumbum.

Mais à frente, Maikon seguia na luta corporal contra a dupla de zumbis, a prateleira de salgadinhos empunhada em suas mãos como uma arma. Ele bradava, chutava e empurrava os monstros, incapaz de imobilizá-los por completo, mais sorrateiros que os assistentes do Neymar quando Maikon corria atrás de uns convites para as festinhas VIP do parça.

No fundo da loja, Péu e Gabs abrigaram-se contra o balcão da lanchonete, longe do campo de visão das criaturas, até que ouviram o tombo de Talitta, seguido pelo grito.

— Socorro! Alguém tira esse cover de deputado bolsonarista de cima de mim! — esgoelava-se Talitta.

O zumbi-marombeiro-brocha continuava sobre ela. Talitta o empurrava, mantendo-o o mais afastado possível, mas seus braços logo começaram a tremer, indicando que ela não aguentaria por mais muito tempo.

— A gente precisa fazer alguma coisa, Péu.

— É perigoso demais!

— Sexo anal sem lubrificante também, e olha aonde chegamos!

Empoderado pela lembrança de que era capaz de enfrentar até mesmo seus maiores medos, Gabs respirou fundo e saiu de trás da bancada.

— Gabriel! Volta! — protestou Péu, ainda escondido.

Mas Gabs não lhe deu ouvidos e se dirigiu até Talitta para resgatá-la. Ele chegou ao setor das bebidas, agarrou uma garrafa de espumante rosé e quebrou-a na cabeça do zumbi. A criatura o ignorou, sedenta pela refeição humana iminente e quentinha que se debatia à sua frente.

— Merda!

Gabs quebrou outra garrafa na cabeça do monstro e nada. Então outra e mais outra, mas nada acontecia.

— Tenta o Cantina da Serra, funcionou da outra vez! — gritou Talitta, debaixo da criatura.

— Você usou a última garrafa.

Sem alternativa, Gabs respirou fundo, cerrou os olhos e cravou os dentes no próprio braço. Sangue esguichou, e, farejando o ar, o zumbi virou-se para o rapaz, passou a língua pelos lábios e escancarou a boca em um urro. Incapaz de se conter ao saborear o cheirinho de sangue humano, acabou libertando Talitta e, dando um salto que fez todos os ossos de seu corpo estalarem, o zumbi se colocou de pé.

Gabs fugiu pelo corredor, e o zumbi foi em seu encalço.

— Eu já disse que vocês não vão me fazer de whey protein! — gritava Gabs enquanto corria pela loja.

Espraguejando para si mesmo enquanto observava a cena de longe, Péu finalmente deixou seu esconderijo. Ele tremia por inteiro, mas não assistiria de camarote ao seu namorado virar marmita de marombeiro, pelo menos não literalmente. O jornalista alcançou um desodorante na estante da seção de perfumaria e um isqueiro na de tabaco. Talitta segurou seu braço.

— Você sabe fazer isso?

— Já vi em um filme.

— Me dá essa merda!

Talitta arrancou o spray e o isqueiro da mão de Péu. Gabs estava encurralado contra a parede de amostra de lubrificantes anais, a criatura rugindo, pronta para o abate.

— Abaixa!

Gabs se jogou no chão. Talitta pressionou o desodorante na frente da chama do isqueiro e o lança-chamas improvisado torrou a cabeça do zumbi maromba. O calor açoitou o rosto do trio, assim como o enjoativo cheiro de lavanda do desodorante enquanto o lamento agoniado da criatura envolvia a loja. O zumbi gritou de dor até sua cabeça virar um gigantesco torrão e seu cérebro derreter com o calor das chamas.

O corpo de mais de 120 quilos tombou no chão.

— Você já tinha feito isso? — perguntou Péu, chocado.

— Já vi em um filme.

Então eles ouviram o som do vidro estilhaçando.

Ainda batalhando, Maikon acertava a cabeça de um zumbi contra a vidraça do refrigerador. Uma. Duas. Três vezes. O monstro caiu e, irado, o jogador empurrou a geladeira, que tombou sobre a cabeça da criatura e esmigalhou seu crânio, assim como os vermes néon que tentavam escapar de dentro do cadáver.

Agora só restava um último monstro, e ela tinha coxas do tamanho das de Gracyanne Barbosa. Temporariamente imobilizada sob uma prateleira, a zumbi conseguiu ficar de pé e partiu para o ataque. Aparentemente furiosa com a morte dos seus amigos e grunhindo sem parar, a pseudo--Gracy agarrou Maikon pelos ombros e o arremessou contra a parede.

Maikon se estatelou no chão. Talitta, portando seu novo lança-chamas, se intrometeu no embate.

— Ô, seguidora de Mayra Cardi, tá na hora de queimar calorias!

Talitta ateou fogo na zumbi. Desesperada e com o corpo em chamas, a monstra correu desbaratinada pela loja de conveniência. Em alguns segundos ela estaria destruída, mas, mesmo assim, Talitta foi atrás enquanto os rapazes se precipitaram em direção à saída.

Péu olhou por cima do ombro e viu que Talitta não os acompanhava.

— Que merda ela tem na cabeça? — perguntou.

— Nossa, sim, que piada podre sobre queimar calorias.

— Não, Gabs! O que ela tá fazendo? A gente precisa dar o fora daqui!

A zumbi caiu, inerte, mas Talitta continuou lançando fogo contra o corpo enquanto era tomada pelo odor nojento de carne queimada.

Até que as chamas atingiram a mistura de espumante e Cantina da Serra derramada no chão.

O fogo se espalhou pelo piso como herpes no Carnaval carioca, mas Talitta não saiu do lugar. Jogada ao lado do cadáver coxudo e carbonizado, a menina tremia enquanto as labaredas lambiam as paredes da loja e avançavam em sua direção. Em sua mente, a imagem da avó. Se aquilo estivesse acontecendo com Dona Lu ela seria capaz de sobreviver? Sua avó estava viva na base militar? Ela tinha falhado com ela?

Maikon surgiu à sua frente, despertando-a de sua crise nervosa.

— Vamos, Talitta! Pelo amor do Adulto Ney, vamos sair daqui antes que este lugar desabe!

Maikon a puxou e, abraçados, encontraram a saída da loja. Gabs, parado em frente à porta do carro, tateava os bolsos.

Talitta foi surpreendida por um empurrão de Péu. Não chegou a doer, mas era o que faltava para ela desabar.

— Tá maluca? Quase matou a gente ateando fogo na loja inteira!

Talitta deu um murro no estômago do jornalista. Tonto, Péu se apoiou em Gabs para não cair no chão. Ele teria apanhado mais se Maikon não tivesse agarrado a funkeira.

— Isso tudo é culpa sua! Sua! — esbravejou Talitta, tentando se desvencilhar do aperto do ex.

— Ah, claro! Porque fui eu que comecei um apocalipse zumbi, prazer, Umbrella Corporation.

— Nossa, que referência velha de zumbi — debochou Gabs, ainda procurando as chaves.

— Minha avó estaria comigo se você não tivesse acabado com a minha vida divulgando aquele maldito áudio. Eu deixei ela! Ela tá sozinha! Sem mim, sem ninguém.

— Você que abandonou a sua avó como abandona seus amigos depois da fama! Se você pensasse mais um pouco antes de agir, vocês estariam juntas e eu não estaria preso no fim do mundo com uma menina egoísta e inconsequente! Foram escolhas suas! Suas! Para de culpar o mundo pelos seus erros. Assume quem você é, assume seus B.O.!

Talitta armou o punho para acertar Péu outra vez.

— Vai, bate! Segue dando razão pra todas as merdas que falam sobre você. Eu fiz isso a minha vida toda e olha onde eu tô.

Ela levou as mãos até o rosto e chorou. Chorou de soluçar. Seu peito subia e descia enquanto o nariz escorria. O propósito de ter chegado até ali, de tanta luta e tanta dor parecia cada vez mais nebuloso. Por que ela seguia em frente se as chances de sobreviver pareciam cada vez menores? Os quatro juntos, jovens e saudáveis, mal tinham sobrevivido aos ataques até ali. Até crossfiteiros tinham padecido para essa pandemia e agora eram pedaços de carvão! O que aconteceria com Dona Lu, uma senhorinha diabética, sozinha por aí?

Maikon abraçou Talitta, mas ela o empurrou. Não queria pena, odiava a pena. Ela sacou o celular no bolso e ligou para a avó. A mesma mensagem se repetia avisando que o telefone estava fora de área ou desligado. A fala de Péu ecoava em seus ouvidos, e o mais doloroso é que a cacura tinha razão: a despeito do apocalipse zumbi, suas escolhas a haviam levado até ali. Mas Talitta não tinha tempo para mais crises emocionais. Enquanto existisse a mínima possibilidade de sua avó estar viva, ela não iria parar e foda-se o que Péu ou o caralho a quatro tinha a dizer sobre sua personalidade.

Talitta segurou a correntinha com a aliança da avó, intacta em seu pescoço. Então respirou fundo e contou até cinco, seguindo as técnicas de respiração ensinadas pela assistente Mari. Finalmente secou as lágrimas com a barra da camiseta e amarrou as tranças em um coque, retomando a típica postura altiva.

— Bora. Precisamos chegar logo na base militar de Niterói. E Péu, se você falar comigo assim mais uma vez eu...

— Já sei, já sei, transforma minhas bolas em pasta, me desmaia e blá-blá-blá.

O fogo destruía a loja e o calor das chamas se intensificava a cada segundo, envolvendo os corpos cansados dos nossos sobreviventes. Uivos começaram a ecoar de todos os cantos. Em breve aquele lugar também estaria tomado por mais zumbis, atraídos pela luz, pelo calor, pelos resquícios de sangue ou fosse lá mais o que chamasse a atenção de zumbis cariocas.

Na frente do carro, Gabs seguia vasculhando seus bolsos.

— Gabs, bora!

— A gente tem um problema. — Pálido, Gabs engoliu em seco. — A chave. Eu devo ter deixado cair lá dentro.

Talitta acertou um tapa na nuca do rapaz.

— Puta que pariu, Gabriel!

Gabriel se apoiou na lataria do carro, tonto. Suava dos pés à cabeça, e sua visão embaçava com o cenário focando e desfocando à sua frente. Mas ninguém reparou no estado do rapaz. Nunca reparavam nele, estavam sempre perdidos em seus próprios egos gigantescos de celebridades. Por que perguntariam se o jovem gay anônimo por acaso estava passando mal?!

Apoiando-se no Chevette, Gabriel observou Talitta, Pedro e Maikon com os olhos grudados na janela da lojinha, observando o interior em chamas à procura das chaves quando foi tomado por um ódio àquelas celebridades delirantes eególatras que só fez sua cabeça doer ainda mais.

— Ali! — gritou Talitta.

O fogo dificultava a visão, mas a chave do Chevette brilhou, caída no chão a poucos metros da entrada. Talitta se precipitou e dirigiu-se até a porta, mas Maikon a conteve, segurando seu braço.

— Você fica. Você precisa salvar a sua avó. E, agora, eu só tenho você.

Maikon puxou Talitta para um beijo.

— Me desculpa. Por tudo.

Sob os protestos de Talitta, o jogador do Volta Redonda entrou sozinho na loja em chamas.

Malvadão

A pele macia e geralmente hidratada das mãos de Maikon queimou assim que ele tocou na porta da loja em chamas, empurrando-a. Mas, pela primeira vez em muito tempo, a dor não foi capaz de detê-lo. Após assassinar alguns zumbis e salvar sua (ex?) noiva (perdoe o narrador, mas o status do relacionamento amoroso deles está nebuloso até para mim), ele sentia-se invencível.

Ah, se aqueles comentaristas esportivos odiosos pudessem vê-lo agora... Tá feliz, Casimiro?! Quem era o cai-cai, hein? Quem era o bonecão de posto do Volta Redonda? Certeza que aquela cambada de invejosos que ganhava a vida à custa de falar mal dele já tinha virado comida de zumbi — há! Há! Bem-feito! Enquanto isso, ele estava ali, com o peito estufado como o de um pombo, animado pela euforia de finalmente salvar o dia.

— Me proteja, adulto Ney!

Maikon se benzeu com uma das mãos e, com a outra, tampou o nariz, protegendo-se contra a fumaça que empesteava todo o lugar, deixando-o escuro como o breu. Ele avançou em meio às chamas, confiando na peça de sorte que estava vestindo: a cueca do Futbol Club Barcelona assinada pelo Neymar que ultimamente vinha usando. É, eu sei, higiene não era seu forte, mas não se pode ter tudo, né?

O fogo lambia as prateleiras e as paredes. Maikon tinha poucos minutos até a estrutura desabar por completo. A chave não estava longe, mas a fumaça e a fuligem tornavam impossível manter os olhos abertos, e a cada inspiração parecia que seu pulmão entrava em combustão.

Ele quis correr, voltar atrás, mas o pensamento trouxe de volta aos seus ouvidos as risadas e os comentários maldosos de todos que o odiavam. Naquele pedaço de inferno, ele podia ver o rosto de todas aquelas pessoas flutuando ao seu redor, principalmente do bendito Casimiro, rindo de seus movimentos, dos seus chutes e das suas passadas. Movido pela força do ódio e naquele estado de quase loucura causado pela ausência de oxigênio no corpo, ele seguiu em frente.

— Neymar, eu sou digno de ser seu parça!

Do lado de fora, Talitta, Péu e Gabs esperavam, ansiosos, pelo retorno de Maikon, mas logo deram de cara com outro problema. Como esperado, uma horda de mortos-vivos se aproximava, atraídos pelo efeito hipnotizante do fogo e pelo calor do incêndio.

— Pro chão! — ordenou Talitta.

O trio se jogou no asfalto, arrastando-se para debaixo da lataria do Chevette. Dali observaram os pés putrefeitos tomando conta do posto de gasolina, aglomerando-se na frente da loja de conveniência em chamas. Talitta cerrou os olhos, mordeu os lábios e, mais uma vez, segurou a aliança da avó, ainda presa no cordão em seu pescoço. Ela não podia morrer. Não antes de encontrar a Dona Lu.

Farejando o ar como um cão policial à procura de drogas, um dos zumbis identificou as notas metálicas de sangue em meio aos odores do incêndio. Ele deitou-se no chão e a intensidade do cheiro ficou mais forte em suas narinas potencializadas pós-transformação.

Sob o Chevette, o trio conteve o grito frente à aparição do monstro.

— Talitta... — sussurrou Péu, meneando a cabeça em sua direção.

— Merda!

O braço da funkeira estava incrustado de sangue seco, resultado dos muitos golpes do recente combate.

O monstro girou a cabeça, ficando frente a frente com a funkeira. Ele uivou e Talitta deu um berro: na sua frente estava a versão zumbi de Kaio Kaolho.

Os três gritaram. Kaio zumbi estendeu os braços para agarrá-los e Talitta rolou, saindo de baixo da lataria do carro. Péu e Gabs imitaram seu gesto, fugindo das demais criaturas que se enfiaram sob o Chevette e arrastavam-se pelo chão, tentando agarrá-los com aquelas mãos gangrenadas.

Talitta escalou o Chevette, equilibrando-se no topo do carro, e estendeu as mãos para ajudar Péu e Gabs a também subir no topo do veículo. Kaio segurou o pé de Pedro e Talitta deu um chute na cara do ex, que soltou o jornalista.

De cima do carro eles tinham uma visão panorâmica da situação, o que não foi nada animador. Eles estavam ilhados, em pé sobre o teto do veículo enquanto os monstros tentavam agarrá-los, chutando e empurrando os zumbis como podiam. Mas era questão de tempo até...

— VEM PRO PAI, FILHO DA PUTA!

Vestindo nada além da cueca do Barcelona e com o rosto escurecido pela fuligem, Maikon irrompeu pela porta da loja de conveniência. O chaveiro do carro reluzia em sua mão direita enquanto a esquerda empunhava uma tora chamuscada. Naquele momento, sua pele preta parecia brilhar pelo efeito do suor, como a de um vampiro de *Crepúsculo*.

Enlouquecido pela adrenalina, Maikon se jogou no chão, em um carrinho que derrubou três zumbis de uma só vez, como pinos de boliche. Afastando as criaturas a pauladas, ele desbravou o caminho até o carro, abriu a porta e se jogou no banco do motorista.

— Era só o que faltava, salvos pelo macho hétero — comentou Gabs, pálido.

— Pelo menos ele não é branco — respondeu Talitta.

— Nossa, aí, sim, o Twitter ia cancelar a gente. Imagina. As três LGBTQIA+ resgatadas pelo cis hétero branco.

— LGBTQIA+? Talitta é hétero — retrucou Gabs.

— Sou bi. Não me invisibilize só porque eu tava noiva de um macho.

— Segurem firme! — Maikon gritou, acelerando o carro.

O carro arrancou. Kaio Kaolho em sua versão zumbi apareceu na frente do veículo, e Maikon acelerou, acertando-o com tudo. O ex-amante de Talitta voou, seu corpo apodrecido passando rente à cabeça da funkeira, que teve a infeliz visão daquele pau podre balançando sob o luar carioca. Pobre Kaio, não só virou um morto-vivo como também foi transformado pelado logo após tomar um fora da Garota Bumbum.

Talitta se virou para ver o corpo zumbi de Kaio estatelado no chão, desequilibrando-se com o movimento, mas Péu segurou seu braço, impedindo-a de ir ao chão. Gabs, Péu e Talitta se abraçaram na tentativa de manter o equilíbrio, surfando sobre o Chevette, deixando para trás um rastro de destruição.

Já a alguns metros longe do caos, Maikon parou o carro.

Talitta, Péu e Gabs desceram de cima do veículo e, com as pernas bambas, se jogaram nos assentos. Maikon tirou as mãos do volante. Queimado, sujo, ensanguentado e praticamente pelado e com os olhos esbugalhados pela adrenalina, encarou o incêndio, agora apenas um pontinho vermelho no horizonte.

— Aquele era o Kaio?

— Aham.

— Nossa. Sempre achei que o pau dele fosse maior que o meu.

Depois dessa tão pertinente observação de Maikon, os quatro ficaram em um silêncio sepulcral, recuperando o fôlego e racionalizando os últimos acontecimentos. Talitta sentou-se no banco do carona e apoiou a cabeça no ombro do noivo. Maikon a puxou em um abraço apertado seguido de um beijo molhado. Talitta se deixou levar pelo gesto.

Apesar do gosto de labaredas e sangue, Talitta foi tomada pelo tesão como há muito tempo não sentia por ele. A adrenalina, a quase morte e o abdômen negro e torneado de Maikon brilhando com o suor... tudo parecia combinar para deixar o bico do seu peito arrepiado.

Talitta se afastou do beijo e respirou fundo. Ela se assustou quando Maikon deu um tapa no volante e explodiu em um grito súbito de empolgação.

— Imagina se o Ney tivesse visto essa arrancada? O pai é fodaaaaa, o pai é toooop! Malvadão, porra! O terror da zumbilhada!

Talitta recostou o corpo no banco do carona, todo o tesão evaporando com a menção ao Neymar. Sentiu-se exausta, mas, para sua surpresa, foi tomada por uma onda de esperança. Ela ainda estava viva, o carro estava abastecido e, apesar de ainda estarem pela Barra, não era assim tão impossível chegar à ponte Rio-Niterói. Se tudo desse certo, em poucas horas chegariam até a base militar onde, com sorte, encontraria a sua avó.

Ou pelo menos era nisso que ela precisava acreditar para seguir em frente, com a fé de que o pior já havia ficado para trás. Ela deu um tapinha no braço de Maikon.

— Bora, Malvadão. Vamos sair daqui.

Vai ser na praia da barra que uma moda eu vou lançar

A atmosfera ficava mais pesada a cada quilômetro avançado naquele carro velho. E eu não tô falando de climão ou mal-estar entre esses caras que, um tempo atrás, se digladiavam com o cancelamento da Talitta. Eu estou falando é do fedor mesmo. A situação estava braba. Afinal, só pra recapitular, naquele Chevette a gente tinha:

1. Talitta toda cagada de Cantina da Serra, com a roupa funcionando praticamente como uma segunda pele roxa por causa da grudenta mistura de álcool, açúcar e uva + fluidos diversos de zumbi + sangue humano.
2. Maikon vestindo somente sua cueca surrada do Barcelona, sujo de sangue, fuligem e com a pele melada de Coca-Cola.
3. Gabs e Péu, também empesteados pelas supracitadas substâncias como se fossem gays com pig fetiche (se você não sabe do que eu tô falando, por favor, não procure no Google).

Para piorar, as janelas emperraram durante a fuga. Ou seja, eles não tinham alternativa além de deleitar-se com os odores uns dos outros.

— Parece que um peido vomitou dentro deste carro. É o mundo que tá acabando, não a minha higiene — protestou Péu, vermelho depois de alguns minutos segurando a respiração. — Eu preciso de um banho!

Talitta estava tonta com o fedor; respirar parecia um ato olímpico, mas a ideia de parar o carro lhe causava mais arrepios que a ânsia de vômito trazida pelo cheiro emanando da sua pele.

— Tem Cantina da Serra em lugares do meu corpo que só meu cirurgião plástico conhece. Eu morreria por um banho, mas já perdemos muito tempo, ainda nem conseguimos sair desse inferno de Barra da Tijuca. Não dá pra parar agora.

— Na moral, a gente não tá em um apocalipse zumbi europeu onde eles não ligam pra banho. A gente é brasileiro, o banho tá no DNA. Sua avó não vai morrer se você demorar mais cinco minutos — protestou Gabs.

— Gabriel, maneira. — Péu se meteu, dando uma bronca.

— Falei mentira?

— Não, não, não, vocês tão doidão? Eu quase torrei da última vez que a gente parou essa lata velha! — rebateu Maikon, que, diferente dos demais, não parecia tão incomodado assim com a fragrância pós-apocalíptica do Chevette.

E a conversa seguiu rodando em círculos, com um casal querendo parar para tomar banho no mar e o outro insistindo para que continuassem direto rumo à base militar. Incapazes de alcançar um acordo, definiram os seus futuros como qualquer grupo de pessoas maduras tentando sobreviver ao apocalipse: em uma disputa de pedra, papel e tesoura.

Talitta e Péu competiram. A funkeira saiu derrotada.

— Eu não acredito que a gente vai pegar uma praia no meio do fim do mundo!

— Olha pelo lado bom, a gente tá mais seguro no mar. Até onde eu sei, zumbi não nada — comentou Gabs.

— Exato. A gente tá do lado da praia, o que custa dar uma passada rápida pela orla, ver se a área está segura e dar um mergulho? Cinco minutos a gente já tá com o pé na estrada.

Maikon deu de ombros e obedeceu às ordens de Péu. Talitta seguia emburrada, com os braços cruzados e seu típico bico de indignação (apesar de, secretamente, ter ficado feliz com a expectativa de não ter vinho barato grudado nas suas tranças). Eles deram meia-volta com o carro e tomaram a pista da orla na praia da Barra da Tijuca. Mesmo com as janelas fechadas, respiraram com um pouco mais de tranquilidade graças à maresia que envolvia o lugar.

— O Rio de Janeiro continua lindo — Maikon pensou em voz alta.

— O problema da cidade somos nós, vivos ou mortos, a gente estraga a porra toda — completou Talitta.

Eles ficaram em silêncio, aproveitando o que era possível da brisa do mar até serem novamente confrontados com a realidade. E a realidade veio com o inconfundível cheiro de carne humana queimada. O odor se espalhava pela orla com a fumaça do churrasquinho mais macabro que eles veriam em suas vidas. Péu beliscou sua perna frente ao choque e o pavor da imagem que se desenhava nas areias da praia da Barra da Tijuca. Talitta engoliu em seco. Aquela poderia ser uma cena típica de um domingo carioca: famílias assando uma carne, bebendo água de coco, crianças construindo montinho de areia... uma situação ordinária se não fossem os detalhes de horror.

Vestindo o que restou das suas sungas, shorts e biquínis após os ataques, banhistas mortos-vivos se refrescavam sugando miolos de dentro de crânios humanos e se empanturravam com petiscos praianos um tanto ou quanto, hmmm, exóticos?

Vamos ser explícitos. Os caras estavam comendo dedinhos, mamilos assados, línguas flambadas, sugando o tutano de ossos e arrematando tudo com uma farofa de dentes triturados. Talitta tremeu. Nenhum filme de terror a preparou para aquilo. Infestando a areia, os banhistas em decomposição deslizavam a língua podre pelos lábios destruídos, saboreando o churrasquinho feito com a carne morta de seus, agora, companheiros.

Na pista, Maikon precisava desviar de carros batidos, capotados e bicicletas laranja jogadas no chão, resquício das fugas e dos assassinatos que ocorreram ali, cujos condutores agora, muito provavelmente, integravam o grupo de praieiros mortos-vivos.

— Nem depois de morto o carioca deixa de ir à praia?

— Não é boa hora pra uma de suas piadas, Gabs — cortou Talitta. — Se eu ainda tivesse alguma coisa no estômago eu já teria vomitado. A gente tá perdido.

— Odeio dizer isso, mas a Talitta estava certa — resmungou Péu. — É arriscado parar. Foi um erro vir aqui.

Mas Talitta não comemorou o fato de seu rival ter dado o braço a torcer. Ela sequer escutou o que Péu falou, seus olhos estavam fixos em um pequeno ponto preto alguns quilômetros à frente deles.

— Vocês também tão vendo aquilo? — Talitta falou, cerrando os olhos e apontando para o ponto.

Gabs sacou o celular do bolso, abriu a câmera e aproximou a imagem com o zoom.

— Parece uma tenda. Uma baita tenda, dessas de show, vai do calçadão até a água. Deve cobrir todo o posto 9.

— Gravei uma publi de bronzeador essa semana por aqui e não tinha tenda nenhuma.

— Zumbis engenheiros? — debochou Maikon

— Duvido. Eles não sabem nem falar.

— Mas sabem fazer churrasquinho.

— Qualquer um sabe fazer churrasquinho. Essa estrutura aí é coisa de gente. Acelera, Maikon. — ordenou a funkeira.

Conforme se aproximavam da imponente estrutura, o cheiro da carne humana foi aos poucos substituído pelo perfume de comida fresca. Seus estômagos reviraram com os aromas de peixe, carne, refogados... o cheiro de toda sorte de alimentos emanava de dentro para fora da tenda, envolvendo aquele ponto da praia de onde, curiosamente, os zumbis não se aproximavam. Uma mesma pergunta surgiu na mente deles: como é que aquele lugar seguia intacto com tantas criaturas ao redor? Eles estariam alucinando tipo João e Maria na casa de doces, mas em uma versão apocalíptica?

O Chevette parou na frente da tenda misteriosa. A lona preta cobria toda a estrutura, impedindo que vissem o interior. A construção era ainda mais imponente quando vista de perto, ostentando um gradeado ameaçador que cercava todo o seu perímetro. Como previsto por Gabs, a tenda se estendia do calçadão até o mar, um trabalho impressionante levando em conta o contexto de pandemia global, quem estava ali dentro certamente estava bem protegido.

No topo da construção, uma placa. Talitta leu em voz alta:

"SOBREVIVENTES VIP - BEACH LOUNGE E TRANSFER PARA A BASE MILITAR DA ILHA DO MOCANGUÊ - BENEFÍCIO EXCLUSIVO PARA MEMBROS GOLDEN BLACK STAR PLUS - INVASORES ESTÃO SUJEITOS A RETALIAÇÃO"

Talitta não conseguiu esconder a euforia quando pronunciou as expressões: TRANSFER - BASE MILITAR - ILHA DO MOCANGUÊ.

— É onde tá minha avó! É pra onde a gente tá indo! — Talitta abriu a porta e pulou do carro. — Bendita seja sua falta de noção, Péu! — comemorou, dando um beijo na bochecha do jornalista. — Um transfer para a base militar!

Os três homens seguiram Talitta para fora do carro. Para Péu, a ânsia pelo banho havia se transformado em um grande incômodo com a situação, ele se arrependeu amargamente de ter lutado por aquela parada. Ele sabia que nada de bom vinha fácil e um transfer aparecendo magicamente na frente deles era, no mínimo, um golpe de muita sorte e, dadas as condições, ele não podia confiar na sorte. Mas, sempre teimosa, Talitta estava obstinada a entrar ali, ansiosa para alcançar seu maior objetivo no meio daquela insanidade e acabar de uma vez por todas com aquela road trip pelo inferno.

— Ô de casa! — gritou Talitta, batendo no gradeado de dois metros de altura.

Talitta gritou uma segunda vez, ninguém respondeu.

— Aqui! — chamou Gabs alguns metros à frente.

Uma porta se desenhava no meio das grades. Sem maçaneta ou cadeado, a única forma de destrancá-la era com um scanner infravermelho onde se lia:

"INSIRA AQUI O SEU CARTÃO GOLDEN BLACK STAR PLUS"

— Hmmm. Bizarro. Alguém aqui é cliente Golden Black Star Plus? — perguntou Gabs.

— Tá de sacanagem? É isso mesmo? Um transporte VIP até a base militar só para clientes desse banco? — questionou Péu.

— E não é qualquer cliente, tem que ser Golden Black Star Plus — complementou Maikon.

— Viu, Péu! Eu falei que você tinha que aplicar seu dinheiro em um banco digital… seu perfil de investidor conservador mais uma vez ferrando com a gente. Talitta, tu é milionária, tem esse cartão não? — Gabs perguntou.

— Eu tenho um contrato de publicidade com a concorrência. O banco roxinho. Culpa da Mari, que era fã deles.

— Quem em sã consciência é fã de banco? — Péu se perguntou.

— Consciência é uma coisa que aquela menina não tinha. Eu sempre disse que aquela assistente era problema — resmungou Maikon. — Você mais ajudava ela do que o contrário.

Os nossos quatro não clientes do cartão Golden Black Star Plus bateram palmas e gritaram, tentando chamar a atenção de alguém que estivesse do lado de dentro da tenda. Nada funcionou.

— Já disse. Foi uma péssima ideia, assumo a culpa, agora vamos voltar para o carro, umas duas horas e estamos em Niterói. Tenho até medo de descobrir o que tá rolando aí dentro — disse Péu.

— Bem, eu avisei que não era pra parar — falou Maikon já dando as costas.

Talitta os ignorou. Ela tinha duas escolhas, voltar ao carro caindo aos pedaços e enfrentar toda a estrada até a base em Niterói ou invadir aquele lugar, garantir o transfer e chegar em algumas horas até a sua avó.

Em vez de voltar para o carro como os seus companheiros, Talitta estalou os nós dos dedos, fez cinco agachamentos e se agarrou nas grades. Ela não seria impedida de chegar até a sua avó por não ser cliente daquele banco, eles a reconheceriam e ela ia dar um jeitinho de pegar aquele transfer!

Do chão, Maikon, Péu e Gabs gritavam para Talitta descer enquanto ela escalava os dois metros de grade. Sem derrubar uma gota de suor, chegou vitoriosa no topo e acenou para os amigos, fazendo sinal para seguirem ela.

Mas antes que os homens pudessem sair do lugar, Talitta sentiu o impacto do projétil nas suas costas. Seu corpo amoleceu e tombou no chão, despencando de dois metros de altura, estatelada na entrada do Barra Beach Lounge para clientes Golden Black Star Plus.

Barra Beach Lounge para os clientes Golden Black Star Plus

—Ai, que loucura! Ai, que zumbi!

Talitta acordou com uma voz estridente cortando seus miolos. Estava viva? Morta? Ela estava na porta do Paraíso e Deus soava como uma socialite com transtorno de ansiedade generalizada? Com muito esforço, Talitta abriu os olhos. A vista estava embaçada, sua nuca latejava no ponto onde fora acertada e os sons chegavam abafados até o seu ouvido, efeitos do dardo tranquilizante que a atingira na sua tentativa de pular o gradeado do lounge.

— Esse lounge era pra ser em Copa, não nesse feudo que é a Barra da Tijuca! Meu motorista teve que atropelar uns cinco monstrinhos! Ai, que apocalipse!

A voz da mulher martelou a cabeça de Talitta que, aos poucos, recuperava as últimas imagens registradas em sua mente: a placa do lounge, a escalada e a queda.

— Talitta? Talitta? — Péu percebeu os movimentos dela — Gente! Ela acordou!

Aos poucos, as sombras na sua frente ganharam os formatos de Gabs, Péu e Maikon. O cenário girava. Respirar ficou ainda mais difícil quando Péu a tomou em um abraço.

— Garota, eu achei que você tava morta! A areia da praia te salvou, era pra você tá toda quebrada.

— Isso que dá você sempre ignorar a gente — reclamou Gabs.

Talitta se afastou do abraço de Péu, apoiou as mãos nos braços da cadeira e se equilibrou, conseguindo se sentar. Ela girou o pescoço, escaneando o lugar, e se viu em uma poltrona de praia no que, aparentemente, era a recepção do tal beach lounge, a gigantesca tenda preta que cobria o posto 9 da praia da Barra da Tijuca.

Uma cortina separava a recepção do restante do lugar, de onde vinha um constante burburinho de conversas e sons de mastigação. O delicioso cheiro de comida fresca estava ainda mais pungente, fazendo o estômago dos quatro se revirar de fome.

Sentado atrás de uma bancada improvisada, um jovem recepcionista analisava as pupilas e verificava o cartão de crédito da socialite escandalosa recém-chegada ao lounge. Com um sorriso congelado no rosto, o pobre coitado soltou o discurso decorado:

— Seja bem-vinda ao Barra Beach Lounge para os clientes Golden Black Star Plus. Nossas próximas lanchas em direção à Ilha do Mocanguê saem amanhã ao meio-dia e temos rechecagem de contaminação às dezenove horas. Tenha uma boa estada!

Reclamando que teria que carregar as próprias malas, a socialite passou por eles.

— Ai, que fim do mundo! — gritou antes de atravessar a cortina e desaparecer no beach lounge.

Um homem branco de um metro e sessenta, vestindo um terno laranja, não por acaso nas cores do banco, atravessou a cortina de braços abertos.

— Ora, ora, se não é ela, a Garota Bumbum, Talitta, o rosto da nossa concorrência! Bem-vinda ao Barra Beach Lounge para os clientes Golden Black Star Plus. Sou Magno Sanchez, gerente-geral da unidade.

O homem cumprimentou Talitta efusivamente, apertando sua mão com força exagerada, o cumprimento de alguém desesperado para mostrar que está no controle da situação. Magno sorria para ela como se, uma hora atrás, não tivesse ordenado que fosse atacada com um dardo tranquilizante. Ao seu lado, dois seguranças, devidamente armados, encaravam o quarteto maltrapilho.

— Bem-vinda? Vocês quase mataram ela! — falou Péu.

Ele estava à beira do surto. O que era para ser uma parada para um mergulho rápido se transformou em uma odisseia na qual Talitta terminou baleada pelo diabo de um dardo tranquilizante que ele jurava só existir em filme americano.

Quando Talitta caiu no chão, Péu achou que ela estava morta. As lágrimas escorreram, sua garganta rasgou com um grito visceral e tudo em seguida foi um grande borrão. Os seguranças apareceram e, em meio a berros e ordens para não se moverem, lançaram a luz cegante de uma lanterna nos seus olhos, verificando se ainda tinham a coloração humana e não o tom laranja-néon das pupilas zumbis. Foi nesse momento que reconheceram a mulher desmaiada, a célebre e controversa cantora, Talitta Bumbum. Péu aproveitou a oportunidade e berrou que eles haviam atirado em uma das maiores celebridades do país. Magno surgiu e ordenou que entrassem, que logo Talitta estaria acordada e eles poderiam resolver a situação com calma.

Na recepção do lounge, o tal gerente continuava falando com seu tom institucional:

— Nossa postura mais incisiva decorre dos protocolos de segurança. Acredito que vocês entendam, dada a situação extraordinária à qual estamos sujeitos. Não à toa somos o primeiro e único banco a estabelecer uma parceria com o governo para realizar o transporte seguro dos nossos clientes. Já transportamos duas levas de clientes em segurança até a Ilha do Mocanguê!

— E quem não é cliente? Vocês saem atirando igual fizeram com a Talitta? Igual iam fazer com a gente?

Péu ficava mais indignado a cada palavra que saía da boca daquele homem. Não era possível que o mundo estivesse acabando e aquela cambada de rico comendo caviar e tomando champanhe, esperando uma lancha para um lugar seguro enquanto o resto do Rio de Janeiro virava churrasquinho ali do lado.

— Só tomamos essas medidas com quem ultrapassa nosso perímetro. Nem utilizamos o tipo de munição que direcionamos para os Vizinhos.

— Vizinhos?

— Você quer dizer zumbi? Morto-vivo? — debochou Gabs.

— Preferimos que vocês usem o termo "Vizinhos" enquanto estiverem aqui. "Zumbi" é uma expressão um tanto quanto contraproducente.

— Vizinhos? Vizinhos? Vocês piraram! Nem deve existir mais banco com esse caos. A sociedade colapsou, não sei se você percebeu, mas aqui do lado tem gente comendo gente! — desabafou Péu — GEN-TE CO-MEN-DO GEN-TE!

— Meu amigo, assim como as baratas, os bancos sobrevivem até à bomba atômica. Mas, já que você está tão desconfortável, meus seguranças ficariam mais do que satisfeitos em acompanhar os senhores para fora do Barra Beach Lounge para clientes Golden Black Star Plus. Afinal, vocês não são clientes Golden Black Star Plus. Já fizemos um grande favor permitindo que vocês utilizassem nosso espaço para a recuperação da Talitta, uma vez que entendemos a relevância de colaborar para a manutenção da diversidade e apoiar minorias nesses tempos tão difíceis.

O efeito anestésico do dardo aos poucos deixava o corpo de Talitta. Ela também estava furiosa, mas não podia se dar ao luxo de demonstrar. Aquele bando de rico ia direto para o lugar onde sua avó estava e, ainda por cima, iam pelo mar, em segurança, longe dos zumbis, sem precisar cortar uma cidade inteira dentro de um carro que não era nem mais fabricado! Ela precisava ficar ali.

Durante seus anos de ascensão no mercado do pop funk brasileiro, Talitta aprendeu a lidar com homens como aquele. Ela precisava criar a ideia de que ele estava no controle, de que ele faria uma grande caridade ajudando-a, para, aí sim, conseguir o que queria. Talitta respirou fundo, do jeito que Mari, sua assistente versada em yoga, havia ensinado.

Talitta esgarçou o maior sorriso de que foi capaz. Ela até mostrou a gengiva, para dar um verniz de naturalidade no sorrisão falso. Então falou manso, falou baixo, agradeceu a gentileza e a generosidade de Magno, pediu desculpas pela tentativa de invasão, elogiou aquele horroroso terno laranja, elogiou o banco, fez piada com o fato de ser garota-propaganda da concorrência e terminou o monólogo com os olhos cheios de lágrimas ao falar da avó que a esperava na base militar da Ilha do Mocanguê, a única parte do monólogo em que não precisou atuar.

Péu admirava a performance de Talitta, incapaz de acreditar no autocontrole dela, um lado da funkeira que ele não havia conhecido, ou melhor, que havia ignorado. Aquela menina realmente sabia sobreviver.

O gerente ouviu tudo sem esboçar nenhuma reação. Olhou de Talitta para os outros e dos outros para Talitta. Coçou a barba, colocou as mãos na cintura, respirou fundo e, finalmente, deu o veredito.

— Eu sou um grande aliado de vocês, sabe? GLS, negros, opa! Perdão, pretos! Pretos né, que fala? Enfim, o nosso banco incentiva a diversidade, já patrocinamos duas edições da parada gay e temos até um cartão temático para o mês do orgulho, o Golden Rainbow Star Plus! Certamente, temos muito a ganhar colaborando uns com os outros.

— Parada LGBTQIA+ — corrigiu Péu

— Foi o que eu disse — respondeu Magno, sem deixar abalar aquele sorriso estático.

Talitta suspirou, aliviada.

— Muito obrigada, seu Magno! O senhor é mesmo um grande aliado. Seja a diferença que você quer ver no mundo, não é? Você é um exemplo! Olha, a gente não vai dar trabalho, vamos só...

— Eu só preciso que você faça uma coisinha. Não existe almoço grátis, né? — ele insinuou.

— Coisinha? — perguntou Talitta, a animação deixando o seu tom de voz.

— Um show. Coisa rápida. Cá entre nós, a moral aqui no lounge não tem sido das melhores, vide as condições externas. Nossos clientes passaram por grandes traumas, merecem se sentir bem, alegres, up, um show de Talitta Bumbum vai agregar valor à experiência deles aqui no Barra Beach Lounge.

Um show? Era um preço justo. No início da carreira, Talitta já havia cantado por muito menos, já tinha até pagado pra cantar! Eles apertaram as mãos, combinando o evento para a manhã seguinte, antes da partida da lancha que os levaria em segurança para a Ilha do Mocanguê.

— Só mais uma perguntinha, Talitta. Como está sua relação com Maikon? Vejo que vocês estão juntos, mas, não me leve a mal, tendo em vista os últimos acontecimentos entre vocês, nossos clientes adorariam saber o status do relacionamento.

— Os clientes ou o senhor? — perguntou Gabs.

— Vamos ser sinceros, né? Péu aqui deu a fofoca do ano, a última antes dessa crise. Ninguém vai esquecer aquele áudio.

— O mundo tá acabando, as pessoas não se importam — acrescentou Maikon.

— As pessoas sempre se importam com uma boa fofoca — murmurou Péu.

— A gente não tá junto. Eu e Maikon terminamos, é isso que você queria saber? Podemos continuar?

Com uma dramaticidade desnecessária, Magno abriu a cortina.

— Sejam bem-vindos ao Barra Beach Lounge para Clientes Golden Black Star Plus!

Pior que a morte

Havia tempo Talitta não via tanta gente branca junto, parecia até uma reunião da sua gravadora. Vinte pessoas se espalhavam pelas diferentes áreas daquele trecho restrito da praia onde a tenda e o gradeado avançavam dois metros mar adentro, cobrindo e protegendo todo o local.

O bando de ricaços se dedicava a esperar pela lancha do dia seguinte como se estivessem em uma colônia de férias. Mergulhos na praia, vôlei, charutos, drinques e petiscos servidos por garçons, redes para descansar sob a sombra... se o lado de fora era o inferno, aquilo ali era o paraíso.

Magno fez um breve tour com os novos convidados enquanto explicava as regras de uso do lounge que poderiam ser resumidas a: não se matem. Talitta não sabia se era sua aparência degradante ou a memória da fofoca de sua suposta traição, mas burburinhos e olhares inquisidores a atravessavam conforme eles passavam pelo lounge. Por mais que Magno falasse o contrário, ela definitivamente não era bem-vinda ali.

Mas o que mais a chocou foi o esquema de segurança. Oito homens armados até os dentes cobriam o perímetro interno da tenda. Suas armas estavam equipadas com silenciadores e, de pequenos buracos abertos na lona, atiravam nos zumbis a metros de distância.

— Graças ao trabalho desses guerreiros, conseguimos manter os Vizinhos longe do nosso Barra Beach Lounge para clientes Golden Black Star Plus! — se orgulhava Magno.

Os atiradores os ignoraram, imersos em suas conversas macabras. Depois de 48 horas fazendo a mesma coisa, o perigo já não parecia real para aqueles homens. Atirar nos zumbis da orla era como matar uma barata: potencialmente nojento, mas nada perigoso.

— Aí, Robson, tá vendo aquele lá? — disse um dos homens, avistando um morto-vivo a metros de distância — o mulequinho zumbi!

— O pequeno? Que tá brincando de rolar na areia?

— Esse mesmo! Vai na cabeça ou no estômago?

— Te dou dez contos se acertar no olho!

— Já é!

E ele atirou. O menino zumbi tombou na areia enquanto os dois brutamontes comemoravam a pontaria perfeita. Admirado com a cena, Magno soltou uma risada e bateu as mãos, animado.

— Isso mesmo! Bala neles! Contamos com os melhores dos melhores, aqui é o lugar mais seguro do Rio de Janeiro!

— Se é tão seguro, por que vocês não ficam aqui pra sempre? — implicou Péu, ainda incapaz de mascarar o seu descontentamento.

— Ordens governamentais. Ah, vamos ser sinceros? Ordens do marketing. Trabalhamos com a escassez. Nosso lounge só fica aqui até o final da semana. Se a gente ficar muito tempo, deixa de ser especial, deixa de ser VIP.

Péu abriu a boca para reclamar outra vez, mas Talitta apertou seu braço. Ela concordava com o fofoqueiro, aquilo obviamente era um grande absurdo, mas certos sapos precisam ser engolidos até a gente chegar aonde quer. E, quando eles viram os chuveiros no banheiro do subsolo no posto 9, toda a irritação foi embora. O conforto faz sapos serem engolidos com mais facilidade.

Magno entregou um kit com minissabonetes para cada um e mudas de roupa no tom laranja berrante do banco, com a logo gigantesca estampada na parte de trás.

— Cortesia do banco, estamos tratando vocês como se fossem membros, viu? Aproveitem o banho.

Eles tomaram o melhor banho de suas vidas, arrancando as crostas de sangue e sujeira de suas peles. Os sabonetes com a logo do banco trouxeram mais prazer que qualquer produto de beleza que Talitta já havia usado.

Relaxada após o ritual, a adrenalina diminuiu e Talitta sentiu o peso do desespero e do cansaço em cada centímetro do seu corpo. Longe da visão dos seus companheiros de viagem e com a água caindo no rosto, Talitta sentou no chão do boxe, abaixou a cabeça e chorou, aliviada com a jornada que estava prestes a acabar. Talitta segurou a aliança pendurada em seu pescoço com força. Em breve ela e sua avó estariam juntas.

— Ei, qual o filme de zumbi favorito de vocês? — perguntou Gabs do seu chuveiro.

Talitta soltou um risinho com a pergunta inusitada.

— Eu gosto daquele *Guerra Mundial Z*. Queria um Brad Pitt pra me salvar desse inferno — respondeu Talitta, se recompondo.

— Ainda bem que nossos zumbis não correm tão rápido. Péu já teria virado comida. Coitadinho do meu amor, lerdo, lerdo — brincou Gabs.

— Nossos zumbis tão mais pro George Romero, né? *Noite dos Mortos-vivos*, *Madrugada dos Mortos* — falou Péu, ignorando o comentário maldoso de Gabs.

— Olha o cara, todo cults. Eu tô ligado nessa parada de zumbi não, só vi uns episódios daquele *The Walking Dead* — disse Maikon, lavando a bunda.

— Quem diria que na vida real a transformação ia acontecer graças a vermezinhos laranja? — Gabs refletia. — De onde será que essas coisas vieram?

— Por isso que não vejo esses filmes. É tudo mentirada. Na vida real a parada é sempre diferente.

— Na vida real não tem Brad Pitt — comentou Talitta

— Mas tem Talitta Bumbum. — Péu deixou escapar o comentário e Talitta não conseguiu controlar o sorriso.

— E será que é real? Essa história da lancha? — perguntou Gabs.

— Precisa ser, Gabriel. Precisa ser.

Talitta terminou a ducha e, junto com Maikon, deixou o banheiro para desbravar o lounge. Aproveitando que estavam sozinhos, Péu e Gabs se pegaram debaixo do chuveiro. Deslizando os lábios pelo corpo nu do namorado, Gabs notou a mancha roxa na perna de Péu.

— De novo? Que aconteceu?

— Devo ter batido em algum lugar.

— Sempre no mesmo lugar? Essa desculpa não cola mais.
— Deixa isso pra lá.

Gabs sabia que o namorado estava mentindo, não era de hoje que Péu descontava os estresses e ansiedades daquela forma, se beliscando, machucando aquele exato ponto na sua coxa. Com uma delicadeza atípica, o jovem beijou a marca roxa e lambeu a barriga, os pelos e o mamilo do namorado, até chegar à boca.

— Eu sei que nem sempre eu sou o melhor namorado do mundo, mas eu te amo muito. Vai ficar tudo bem.

Aproveitando o melhor que o lounge tinha para oferecer, Talitta e Maikon aceitavam todos os petiscos servidos, quiche, canapé e até bolinha de queijo! Bolinha de queijo no fim do mundo! Ela não acreditava na própria sorte.

Mas logo Maikon foi abordado por alguns fãs e, sozinha, Talitta percebeu como era impossível não reparar os olhares inquisidores daqueles desconhecidos. Não era possível, frente ao fim da humanidade, ainda se preocupavam com o chifre que ela colocou ou deixou de colocar em Maikon?

Talitta cravou as unhas na palma da mão. Maikon, um jogador de futebol medíocre, estava ali do lado sendo celebrado por um bando de homens brancos de meia-idade enquanto ela precisava fingir que não escutava os risinhos e comentários das panelinhas ao redor.

Exausta e irritada, ela abandonou seus petiscos e caminhou pela areia até a beira do mar. Levou os dedos até a água e se benzeu, pedindo licença — Agô — para Iemanjá. Assim, de olhos fechados, caminhou pelo trecho de águas protegido pela tenda. Caminhou mar adentro até a água chegar em seus ombros, então tapou o nariz, mergulhou e, submersa, gritou. Gritou, gritou e gritou, emitindo uma profusão de bolhas de ar. Quando voltou ofegante à superfície, Maikon estava ao seu lado.

— Você tá bem? Fiquei preocupado com o que aconteceu lá na lojinha, o choro e tudo o mais.

Talitta maneou a cabeça em afirmação.

— Não sei o que aconteceu, foi como se todos esses sentimentos tivessem espancando meu corpo por dentro, implorando pra sair.

— E por que você não deixa?

— Eu tenho deixado, eu acho. Aparentemente essa é uma das vantagens do mundo ter acabado.

Eles ficaram alguns segundos em silêncio, lado a lado.

— Meus pais podiam estar aqui. Eles eram clientes Black Star.

— Golden Black Star Plus. Se você falar errado acho que o Magno te expulsa.

Maikon esboçou um sorriso. Talitta levou a mão até o ombro do jogador. Da areia, alguns ricaços assistiam à cena como se fosse um reality show, eufóricos pela fofoca ao vivo.

— Eu sei que eu já disse isso, mas eu sinto muito pelos seus pais, não imagino a dor que deve ser perder quem você ama assim, de uma hora pra outra.

— Minha mãe era uma escrota com você.

— Uma bruxa! Mas ela não merecia isso, ninguém merece isso. Só de imaginar ficar sem minha avó, eu... ela é tudo que eu tenho. Ela me criou, me ensinou tudo que eu sei... — Talitta não conseguiu terminar a frase. — Enfim, eu sinto muito pelos seus pais.

Maikon olhava para baixo, deslizando os dedos pela água do mar.

— Você acha que é pior que a morte?

— Como assim?

— Virar zumbi. Você acha que é pior virar um deles do que morrer?

— Acho. — A mente de Talitta se encheu com todas as imagens dos mortos-vivos que viu até ali. Os membros despedaçados, as cabeças explodindo, as bocas sujas de sangue. — Não ser capaz de pensar, de cantar, de amar, de falar por si mesmo, de raciocinar, ameaçar a vida de quem você mais ama...

Na areia, um disparo. Eles olharam na direção do som, alguns dos ricos, entediados, se juntaram aos atiradores e brincavam de atirar nos zumbis.

— Acho que a gente não tá tão longe assim desses monstros. Sei lá, tá tudo muito louco.

— É, Maikon. Tá tudo muito louco.

O jogador pegou as duas mãos de Talitta e olhou no fundo dos olhos pretos dela.

— Me desculpa.

— Não faz mais diferença.

Talitta largou as mãos de Maikon, mas ele tornou a pegá-las.

— Faz sim. Eu devia ter assumido o B.O., falado pra geral que você não me traiu...

— E que diferença ia fazer? Você ia falar pro Brasil que a gente tinha um relacionamento aberto e que eu te traía porque você gostava? Alguém ia me achar menos vagabunda por isso? Cantando funk? Usando as roupas que eu uso? Com a pele dessa cor? Este país adora destruir uma mulher, e uma mulher como eu é o alvo perfeito. Não tinha nada que você pudesse falar pra mudar isso. Era questão de tempo até não me deixarem mais ser relevante.

— Vou te mandar um papo. A Talitta que eu conheço é braba, nunca precisou da autorização de ninguém pra porra nenhuma. É um dos motivos que me fazem te amar. E você sempre vai ser importante, principalmente pra quem te ama.

— Nossa, quem é você e o que você fez com o Maikon?

Com delicadeza, Maikon deslizou a mão pelo braço dela. Eles ficaram frente a frente, tão próximos que era possível sentir a respiração um do outro.

— Ai, que assassinato!

O grito ecoou da areia da praia, seguido por outro disparo que atingiu um dos zumbis que estavam do outro lado da grade. A brincadeira de atirar nos "Vizinhos" continuava, aparentemente, o novo passatempo dos membros do clube. Maikon e Talitta se afastaram.

— Eles realmente precisam de um show seu. Os caras tão pirando o cabeção.

Enquanto Maikon e Talitta conversavam nas águas do mar, Péu e Gabs, abraçados como pombinhos no chameguinho pós-sexo, flanavam pelo Barra Beach Lounge, fazendo o reconhecimento de suas diferentes áreas. Primeiro, conseguiram uma aplicação de insulina para Gabs na estação médica. Em seguida, trocaram uma ideia com o menino da recepção. Aparentemente aquela tenda era um projeto antigo do banco para criar espaços de lazer para seus clientes VIPs que foi adaptado para a pandemia dos "Vizinhos".

— E como vocês são pagos? Quer dizer, dinheiro ainda vale pra alguma coisa? — quis saber Péu.

— Prometeram uma vaga pra gente, nas lanchas.

— E algum funcionário já foi pra base militar?
— Ainda não. Só clientes.

Como esperado, a massa de clientes era formada por milionários, herdeiros e socialites da Barra da Tijuca e adjacências, comportando-se como se o mundo lhes devesse a segurança e o conforto mesmo naquelas condições. A maioria tinha chegado naquele dia, fugindo de seus apartamentos invadidos e na expectativa da lancha privativa. Divididos em grupinhos de conversa, alguns se prestavam a desdenhar do desespero generalizado, já outros chegavam a celebrar o extermínio da população.

— Todo ciclo precisa terminar. Limpeza social, faz parte do processo de rearticulação da sociedade. Seleção natural. Isso aqui é Darwin em sua essência!

Péu entornava bebida atrás de bebida para segurar sua língua dentro da boca e não chamar toda aquela gente de nazista. Até a Bossa Nova que tocava na aparelhagem de som o irritava. Sua vontade era explodir aquilo tudo.

Foi quando a música parou. A voz de Chico Buarque foi substituída por uma radiofonia de fazer os ouvidos doerem. Em seguida, uma voz feminina tomou conta dos alto-falantes:

"Rádio 013. Atenção, esta é uma transmissão da Rádio 013 para sobreviventes da pandemia global."

Aqueles que brincavam de atirar nos zumbis largaram as armas. Talitta e Maikon voltaram da água. Todos se aglomeraram ao redor de uma das caixas de som, atentos a cada palavra emitida pela rádio.

"Viemos através desta comunicar que, de acordo com nossas fontes internas, o outrora presidente da República foi contaminado e se transformou em uma das criaturas. Temos informações de que ele vinha mantendo infectados dentro de sua própria casa, utilizando-os para divertimento próprio, seja lá o que isso signifique. Argentina, Bolívia, México, França, Inglaterra, Alemanha e Estados Unidos também já registraram seus primeiros casos. Ressaltamos que ainda não temos informações comprovadas sobre a capacidade cognitiva dos contaminados e relembramos a importância de não acreditar em muitas das medidas de segurança previamente comunicadas pelo governo federal, tais como cloroqui…"

Magno desligou o som, a emissão foi interrompida. Com a desculpa de que precisavam economizar a bateria dos aparelhos para o show de Talitta e que essa rádio clandestina era uma fonte de fake news. O presidente era um homem forte, viril, saudável, membro das forças armadas e, certamente, sairia incólume daquela pequena crise, disse ele.

Apesar dos esforços do gerente em acalmar os ânimos, o aviso na rádio acabou com a atmosfera de descontração absurda do lounge. Se até o presidente da República, com toda a segurança e proteção, estava morto, o que seria deles?

Às 19 horas, os seguranças passaram inspecionando os olhos de cada hóspede, verificando se continuavam com as colorações normais. Apreensivos, todos se encaravam com desconfiança e um medo pungente que área VIP nenhuma seria capaz de tirar, alheios ao fato de que, em breve, estariam todos mortos.

Ai, que carne humana!

Talitta e sua trupe dormiram em redes improvisadas. Apesar do frio noturno na praia e da areia esvoaçante em seus rostos, o sono veio fácil. Se foi a sensação de segurança graças aos atiradores fazendo a ronda no lounge ou o cansaço extremo, não saberemos.

Naquela noite, Talitta sonhou com sua avó, pôde até sentir o cheirinho do perfume forte de Dona Lu ao seu lado e, mesmo adormecida, levou os dedos até a aliança dela, sempre pendurada em seu pescoço. Em seus sonhos voltou aos dias da infância, quando a avó a ensinou a amarrar os cadarços, a andar de bicicleta e à primeira vez que, juntas, visitaram a lápide de sua mãe no cemitério.

— Foi culpa minha, vó? A mãe ter...

— Nunca pense uma coisa dessas. Sua mãe queria você mais do que qualquer coisa no mundo. Você não teve culpa de nada, você é um milagre.

Talitta acordou suando com o sol escaldante do Rio de Janeiro queimando sua pele. Naquele dia as coisas começaram a desandar. Primeiro, tentou telefonar outra vez para a avó, mas conforme esperado, não conseguiu nenhum contato. Depois, minutos antes do show, Magno pediu para ela não cantar suas músicas originais. Alguns hóspedes levaram para o gerente um incômodo com as letras e o "teor musical" do funk da Garota Bumbum. Preocupados, prepararam para ela uma lista de canções mais "aprazíveis" para aquele "tipo de ambiente". Queriam sua voz, mas não queriam o que ela tinha para dizer.

Mais uma vez, Talitta engoliu os seus sentimentos. Faltavam duas horas para o meio-dia, o horário da chegada das lanchas, e, se para garantir sua vaga ela precisasse cantar Jorge Vercillo, então, ela cantaria. O show improvisado durou quase uma hora e os únicos aplausos que ouviu foram os de Maikon, Péu e Gabs. Mas, como para pobre toda humilhação é pouca, as lanchas não chegaram naquela tarde. Com sua típica postura ereta e sorriso no rosto, Magno disse para não se preocuparem, foi somente um atraso, em breve tudo estaria resolvido.

No entanto, nada se resolveu. Mais clientes VIP chegaram, menos comida passou a ser servida e, no estande médico, Gabs não conseguiu as suas doses de insulina. Péu insistiu para que pegassem o carro e fossem embora. Aquilo não daria certo, ainda mais com um bando de gente armada. Diferente da comida, as munições pareciam longe de acabar. Talitta o ignorou. Imprevistos acontecem, ela não ia perder a oportunidade de pegar a lancha até a sua avó por conta das impaciências de Péu, e estavam mais seguros ali que na estrada.

— Se a gente não tivesse parado aqui, já estaríamos lá — disse Péu, vocalizando o que todos eles estavam pensando, aumentando o desejo de Talitta em se enfiar em uma das lanchas. Aquele desvio não poderia ter sido à toa.

E assim eles ficaram até o próximo dia, quando a lancha, novamente, não apareceu no horário previsto. A postura sempre ereta de Magno já se entortava e, quando ele anunciou o racionamento de comida, o caos se instaurou. A primeira coisa que os VIPs exigiram foi a expulsão imediata de quem não era membro e o fim da alimentação para seguranças e funcionários.

Todos os olhos se viraram para Péu, Talitta, Gabs e Maikon. Furiosa e faminta, aquela gente supostamente refinada cuspia e clamava que eles fossem arrancados dali. Não eram membros legítimos do Beach Lounge, estavam colaborando para o fim do padrão de qualidade. Magno, conforme o esperado, ficou do lado dos clientes.

— Infelizmente, preciso que vocês se retirem, mas conto com a boa avaliação no Google da estada que vocês tiveram aqui no Barra Beach Lounge! O banco pretende expandir esse empreendimento para...

Quando deram por si, os quatro tinham armas apontadas para as suas costas. Os seguranças os empurravam para a saída. Daquela vez não teve sorriso, discurso ou grito de Talitta que os salvasse da expulsão. Os VIPs apontavam os dedos para os quatro, xingando-os de tudo quanto é nome, culpando-os pela decadência do lugar. Uma mão branca puxou uma trança de Talitta, e, em um ato reflexo, a funkeira cravou os dentes na pele da madame.

A mulher branca gritou. O caos aumentou. Os atiradores, deixando os seus postos, dispararam para o alto, na tentativa de controlar a multidão. Não deu certo. A massa de ricos se jogou em cima de Talitta, Péu, Maikon e Gabs. Tapas, socos e pontapés eram desferidos para tudo quanto é lado. Em questão de segundos, Talitta já tinha dois chumaços de cabelos lisos presos nas suas mãos. Se o quesito era porrada, ela sempre saía por cima.

Tonto por conta do tempo sem sua dose de medicação, Gabs lutava para se manter em pé, atordoado com a confusão.

— Ai, que lancha! Ai, que transfer! Ai, que salvação! Eles chegaram! Eles chegaram!

Sozinha na beira da praia, a socialite gritava e pulava na beira da praia, acenando freneticamente para as lanchas que se aproximavam no horizonte. Como um animal que encontra uma presa mais suculenta, a multidão largou Talitta e seus companheiros, correndo para a beira do mar.

— Vamos meter o pé, antes que matem a gente! — gritou Péu.

— As lanchas! É a nossa chance!

— Talitta, acorda! Eles querem arrancar a nossa pele, vamos embora! A gente consegue chegar na base militar de outro jeito.

Péu puxou Talitta pelo braço, tentando arrastá-la para fora do Barra Beach Lounge, mas ela se desvencilhou e correu na direção da multidão, determinada a cravar seu lugar na lancha. Péu correu atrás, Maikon o acompanhou. Sem escolha, Gabs os seguiu, mas tropeçou e caiu na areia, atordoado e incapaz de se levantar, ele sentia os efeitos de todo aquele tempo sem a sua medicação.

À frente da multidão ansiosa para embarcar, Magno tentava organizar uma fila, mas os ricos estavam descontrolados.

Aquela gente supostamente fina tinha se transformado em uma massa bestial. Eles se empurravam, acotovelavam e se batiam por um lugar no transporte que se aproximava.

As três lanchas atracaram. Três disparos. Os pilotos, vestidos com camisas polos laranja com a logo do banco, tombaram na água. O sangue se espalhou, tingindo o mar de vermelho. A multidão ficou em silêncio. Todos os atiradores e seguranças, que outrora os protegiam, tinham agora as armas apontadas para eles.

— As lanchas são nossas! Cambada de bacana otário, vocês acham que a gente é capacho de vocês? Que a gente vai ficar aqui esperando a morte pra proteger seus rabos?

Sem os seguranças e atiradores para afastá-los da proximidade do Barra Beach Lounge e atraídos pelo cheiro do sangue dos pilotos, os zumbis se aproximavam, uivando por toda a praia da Barra. Finalmente percebendo que seria impossível embarcar, Talitta deu meia-volta. Ao notar o movimento, um dos atiradores apontou a arma pra ela.

— Paradinha, aí, Garota Bumbum! Ninguém fala, ninguém sai do lugar.

Um a um, os seguranças, atiradores, garçons e até mesmo o mocinho da recepção ocuparam as lanchas. Descontrolada frente ao fim de toda e qualquer expectativa de sobreviver, a multidão de ricaços se lançou no mar ensanguentado, correndo para as lanchas em meio aos berros de que o transporte foi enviado para eles, aquele era o direito deles, eles mereciam, eles eram membros Golden Black Star Plus!

Os seguranças atiraram contra aquela massa humana. Homens e mulheres afundaram, mortos, soltando mais sangue na água da praia. Os VIPs que ainda estavam vivos saíram em disparada. Embasbacada ao perceber o fim do seu sonho de pegar a lancha até a ilha, Talitta olhou com lágrimas nos olhos as lanchas cruzando o mar. Olhou tempo o suficiente para ver os funcionários se transformando em zumbis em alto-mar.

Eufóricos com a fuga e com a adrenalina nas alturas após o massacre, os ocupantes das lanchas não perceberam os pequenos vermes néon que ocupavam as embarcações. As criaturinhas deslizaram pelos sapatos, subiram pelos calcanhares até entrarem em seus orifícios, tomando conta de seus corpos e mentes, levando a humanidade ao se instalarem em seus receptores. Zumbis não sabiam nadar, mas os vermes que causavam a transformação conseguiam. Sua avó podia até estar a salvo dos monstros na base militar, mas e os vermes minúsculos e silenciosos? Era o pensamento martelando o cérebro de Talitta conforme ela testemunhava aquela cena.

Jogado na areia, Gabs não conseguiu se mover quando a multidão que batia em retirada avançou ao seu encontro. Ele só teve tempo de colocar os braços na frente do rosto e esperar pelo impacto. Gabs foi pisoteado. Pessoas tropeçaram e pisaram nele. Um chute acertou seu nariz e o sangue escorreu até a sua boca. O menino tentou levantar, mas foi derrubado por alguém que pisou nas suas costas.

— Gabriel!

O grito de Péu trouxe Talitta de volta ao aqui e agora. Alguns metros à frente dela, Péu se jogou sobre o corpo caído do namorado, protegendo-o como um escudo humano, tomando os impactos no lugar dele. Talitta e Maikon correram até eles e abriram os braços, parados na frente do casal caído no chão, fazendo a multidão desviar, impedindo que o bando de gente continuasse pisoteando-os.

Péu pegou Gabs no colo e os quatro correram para fora da tenda, a porta arrombada pela massa em fuga. As lanchas com os seguranças e funcionários já cortavam o mar em direção à base militar e os zumbis praianos deixavam seus churrasquinhos de lado para se deliciarem com o gosto doce e quente de comida fresca dos ricaços que se evadiam da tenda do lounge, sem a mínima ideia de como se defender ou para onde fugir.

Com Gabs em seu colo, Péu não conseguiu acompanhar o ritmo dos amigos. Maikon tomou a dianteira, correu até o Chevette e manobrou o carro até a calçada. Péu, Gabs e Talitta pularam para dentro.

Agitando os braços no ar, Magno surgiu na frente do carro. Desgrenhado, implorava por uma vaga.

— Vai, deixa esse otário entrar — disse Talitta destravando a porta.

Mas Magno não teve tempo de se salvar. A socialite escandalosa, agora zumbi, cravou os dentes em sua bunda. Magno caiu no chão, mais criaturas se jogaram sobre ele.

Maikon pisou com tanta força no acelerador que o pedal raspou no chão do carro, colidindo contra a zumbi socialite, o impacto fazendo a janela desemperrar. Eles escaparam. Talitta colocou o rosto para fora da janela a tempo de ver o rastro de sangue e destruição e jurou que, no meio dos gritos, uivos e lamentos, pôde ouvir os ecos da zumbi socialite gritando:

— Ai, que loucura! Ai, que carne humana!

O BAILE FUNK NO FIM DO MUNDO

Na tentativa de recuperar todo o tempo perdido, Maikon dirigia na maior velocidade que aquela carroça era capaz de alcançar. Finalmente deixaram a Barra da Tijuca, cortando os bairros em direção à zona portuária da cidade, onde encontrariam a ponte Rio-Niterói e a cobiçada Ilha do Mocanguê ao seu final.

— Liga o rádio, vai que a gente consegue captar o sinal daquela estação que a gente ouviu no lounge!

Calada, Talitta ligou o rádio. Não ouviram nada além do zumbido da radiofonia e suas respirações ofegantes. Ela não parava de pensar no quanto fora estúpida e em como, com a sua teimosia, perdera um tempo valioso, perderam dias! Percebendo a preocupação da noiva, Maikon apoiou a mão no ombro dela.

— Relaxa, sua avó tá bem. Não vamos parar mais em lugar nenhum. Já já estamos lá.

— Para o carro — exigiu Gabs, capaz apenas de balbuciar as palavras.

Talitta e Maikon olharam para o banco traseiro ao mesmo tempo. Mesmo para os padrões pós-apocalípticos, o garoto não parecia bem. Suor pingava de sua testa, a visão seguia embaçada e os olhos estavam esbranquiçados.

Maikon parou o Chevette. A mão de Gabs foi até a maçaneta, trêmula. Com dificuldade, ele abriu a porta, desceu e, tonto, espalmou as mãos na lataria amassada e vomitou. Talitta e Péu foram em socorro dele. Os lábios de Gabs estavam rachados.

— Maikon, água.

— Mas, Talitta, só temos uma...

— Água!

O jogador arremessou a garrafinha. Talitta levou o líquido até os lábios de Gabs.

— Será que ele tá contaminado? — perguntou Maikon.

— Claro que não, idiota. Nenhum verme chegou perto de mim. É hipoglicemia — rebateu o jovem.

— Você também é diabético? — gaguejou Talitta.

Gabs meneou a cabeça em sinal afirmativo.

— Achei que você tivesse reparado.

— A gente precisa parar em uma farmácia, encontrar insulina pra ele.

Estalando os nós dos dedos, Maikon se intrometeu na discussão.

— A gente já vai pegar a ponte. Na base militar deve ter médico, remédio...

— E se não tiver? Olha como tá esta cidade, já não tinha estrutura antes, imagina agora.

— O que tá acontecendo, Talitta? Dois minutos atrás você tava desesperada para chegar em Niterói e agora quer fazer outra parada? Outra?

Maikon bufou, irritado. Péu permanecia quieto, andando de um lado a outro.

— Quase não saímos vivos daquela loja e daquele pesadelo de lounge em que você insistiu em parar, você quer mesmo parar em outro lugar? Você não aprende com seus erros? Vai ser sempre teimosa assim? Achei que quisesse encontrar sua avó! — continuou protestando Maikon, a lembrança da sensação das chamas em seu pulmão voltando à mente.

— Eu quero, Maikon. Eu preciso encontrar a minha avó — rebateu Talitta, os olhos marejados —, mas a gente tá junto nessa. Minha avó também é diabética, eu sei como ela fica sem a medicação e se ela estivesse no lugar do Gabriel eu gostaria que alguém fizesse alguma coisa pra ajudar. — Talitta virou-se para Péu. — E você? Vai ficar quieto? Não vai defender seu namorado?

Gabs seguia escorado contra a lataria do carro, atento à situação. Tonto, o rapaz encarava o chão, mas ergueu os olhos quando Péu Madruga abriu a boca.

— É... bem... a gente ainda tem umas barrinhas de cereal no carro, não tem? Po-pode ser que ele aguente com elas, né, amor? Até chegar na base militar de Niterói...

Talitta deu um tapa no Chevette.

— Inferno! Olha a cara dele! O menino pode convulsionar, ele pode entrar em coma, ele pode morrer! MORRER! Minha avó, se ela ficar sem insulina...

Talitta não conseguiu terminar a frase. Sua voz embargou, mas ela engoliu o choro, não desabaria novamente.

Ela suspirou, dizendo com a maior calma que conseguiu canalizar naquele momento. Se Mari estivesse ali, teria ficado orgulhosa do controle emocional da chefe.

— O que eu quero dizer é que a gente não pode seguir em frente com o Gabriel assim. Ele precisa da medicação.

— Desde quando você se importa? — debochou Péu.

— Sério. Por favor, gente. Tô cansada de brigar, de gritar, de implorar pelo óbvio, a gente não tem mais tempo pra perder com picuinha.

Maikon bufou, se dando por vencido.

— Tudo bem.

— Tudo bem? — repetiu Talitta, surpresa.

— Mas você dirige.

Maikon arremessou a chave para Talitta e pulou para o banco do carona. A funkeira assumiu o volante enquanto Péu e Gabs voltaram a se acomodar no banco traseiro. O climão tomou conta e dessa vez a culpa não foi de nenhum fedor.

Segundos depois, o jogador de futebol ressonava como um bebezão. Talitta seguia com os olhos vidrados no lado de fora, observando a paisagem em busca de uma farmácia, mas, apesar de atenta ao trajeto, era uma boa fofoqueira e também conseguia prestar atenção na DR entre Péu e Gabs que se instalava no banco de trás.

— Que foi? — perguntou Péu para um Gabs emburrado.

— Se dependesse de você a gente já tinha virado zumbi.

Gabs mordiscava a barrinha de cereal enquanto Péu fazia carinho em seu cabelo.

— Oi?

— No posto. Talitta estava sendo atacada e você não fez nada. Agora eu tô passando mal e você não tá nem aí. Você só pensa em si mesmo. Faz a mesma coisa que tanto critica na Talitta.

Péu tirou as mãos do cabelo do namorado e respondeu:

— Você tá sendo injusto. Você sempre é a minha prioridade. Não sei se você se lembra, mas eu também me arrisquei pra te salvar.

— Você é a sua única prioridade, Pedro.

O silêncio voltou a tomar conta do carro, entrecortado somente pelos roncos de Maikon. O sol começava a se pôr, obscurecendo o pandemônio em que o Rio de Janeiro tinha se transformado. Incêndios irrompiam pelos quarteirões e grupos de zumbis cambaleavam pelas ruas. Famintos, digladiavam-se por pedaços de carne humana. Vez ou outra um grito de dor ecoava, sempre seguido pelos malditos uivos.

Eles pararam em frente a uma farmácia, mas não chegaram a sair do carro. Dentro do estabelecimento, pessoas se estapeavam pelos suprimentos. Alguém arrancou uma arma e deu um tiro para o alto, anunciando o saqueamento das prateleiras. Gabs, Péu, Maikon e Talitta estavam enfraquecidos, cansados e famintos: se enfiar ali seria como saltitar em direção à morte. O mesmo se repetiu outras três vezes. Todos os estabelecimentos estavam ou infestados ou destruídos ou infestados *e* destruídos — e olha que o que não falta na Zona Sul do Rio de Janeiro é farmácia.

O tempo passava e Gabs ficava ainda mais pálido e abatido. Talitta o encarava de segundo em segundo pelo retrovisor, cada visão do rapaz a fazendo lembrar mais de sua avó. Será que ela estava passando pela mesma coisa? Será que Dona Lu tinha convulsionado? A senhorinha vivia esquecendo-se de suas doses de insulina no mundo normal, imagina no meio de uma pandemia zumbi?! Será que ela tinha lembrado de tomar as suas doses? Elas estavam bem armazenadas? Já teriam acabado? Eles tinham a medicação na base militar? Seu coração acelerou, Gabs precisava com urgência da insulina, e Talitta aproveitaria a oportunidade para levar um grande estoque do remédio para a avó.

O rádio emitiu um ruído agudo, fazendo-a dar um pulo no banco e acordando Maikon com um sobressalto.

Atenção! Atenção, sobreviventes, aqui é a Rádio 013 trazendo a vocês informações reais e factualmente checadas sobre o apocalipse zumbi no Rio de Janeiro, difundindo os dados que o governo se recusa a fornecer.

Talitta aumentou o volume. Péu e Gabs inclinaram-se na direção do rádio, atentos a cada palavra.

Se você é um sobrevivente da cidade do Rio de Janeiro, pense duas vezes antes de buscar os abrigos oficiais divulgados pelo Estado. A Ilha de Mocanguê, a Base Naval localizada próximo ao fim da ponte Rio-Niterói, não está mais recebendo refugiados. A informação que nós temos é de que os recursos estão escassos, falta remédio, falta comida e falta abrigo. É tanta gente chegando que eles já não estão fazendo a checagem correta para prevenir a entrada de eventuais contaminados! O plano deles agora é evacuar todos os abrigados na Ilha de Mocanguê nas próximas 24 horas. Para onde vão levá-los ainda é uma incógnita.

Suor escorria pela testa de Talitta. Ela tinha metade de um dia para chegar ao outro lado da cidade e encontrar sua avó antes que ela fosse removida para sabe-se lá onde. Mas o que mais a preocupava era a notícia sobre a escassez de suprimentos. Conforme ela imaginara, se eles não tinham alimento, certamente não teriam algo como insulina. Seu estômago revirou, precisava urgentemente encontrar o diabo de uma farmácia.

O mais aconselhável agora para o carioca é cruzar a fronteira com Minas Gerais, onde a situação está um pouco mais controlada e as autoridades locais estão conseguindo criar espaços seguros. Mas vale ressaltar: não fujam para São Paulo, entenderam? Os zumbis da Faria Lima estão sofrendo uma mutação e aprenderam a usar patinete elétrico! Rumores dizem que a infecção também começou a se espalhar pela América Latina, com registros de ataques na Argentina, Paraguai e Uruguai.

— O que a gente vai fazer agora? — perguntou Maikon.

— O plano continua o mesmo. Vamos parar em uma farmácia, pegar as doses de insulina e chegar na Base Naval antes de evacuarem os refugiados, antes que levem a minha avó para Deus sabe onde. Doze horas é tempo suficiente. — respondeu Talitta.

— Mas vocês ouviram o que disseram no rádio, não estão recebendo mais ninguém — frisou Gabs. — Não é melhor a gente ir pra Minas Gerais?

— Minas? Que diabos tem pra fazer em Minas? — perguntou Maikon — Não viaja, Gabriel.

— Eu vou encontrar a minha avó. Quem quiser tomar outro caminho, aí já não é comigo — concluiu Talitta, dando seu ultimato e perdendo a paciência.

No rádio, o jornalista seguia com o comunicado:

Lembrando que temos algumas autoridades e grupos da sociedade civil difundindo fake news sobre todo esse pandemônio. Não acreditem em tudo que falam sobre essa situação! Só o que sabemos até agora por meio dos nossos colaboradores, que estão na linha de frente das pesquisas, é que a infecção ocorre por meio da entrada de vermes expelidos pelas criaturas na corrente sanguínea, e que não há nenhum tratamento preventivo contra os zumbis!

Entenderam? Ainda não existe tratamento preventivo ou precoce contra a infecção zumbi, e, pelo que sabemos até agora, a infecção não ocorre somente com a mordida, mas com a infecção pelos vermes expelidos pelas criaturas! Os zumbis brasileiros não são iguais aos de The Walking Dead!

Diferente do que vocês possam ter ouvido por aí, o uso de ivermectina, turmalina, pastilhas Valda, água benta, óleo ungido, pasta de alho, shake de whey protein, lubrificante anal ou unguentos com sal rosa do Himalaia não vão evitar o ataque. A única solução é evitando o contato com os vermes expelidos pelas criaturas.

Agora, para acalmar nossos corações em agonia e lembrar que o carioca sobrevive a qualquer coisa, até mesmo ao apocalipse, uma música do nosso eterno Cazuza. Sigam firmes, sigam seguros.

A rádio foi tomada pelas batidas iniciais da música "O tempo não para". Os olhos de Maikon se encheram de água ao relembrar a morte da família, transformada pelas criaturas. Com os dentes, Talitta cutucava o sabugo das unhas, preocupada com o estado da avó na base militar. Gabs tentava se manter acordado apesar da fraqueza.

Disparo contra o sol, sou forte, sou por acaso
Minha metralhadora cheia de mágoas
Eu sou um cara

Apesar de exausto e estressado com as briguinhas, Péu amparava o namorado, ainda sentindo-se culpado por ter ido contra a ideia de pararem em uma farmácia, mas preocupado com o que poderia acontecer quando o fizessem. Apesar de tamanha apreensão, a voz de Cazuza o transportou de volta para a sua infância e sua juventude. Ali, machucado, faminto e fedido, Péu se lembrou de como o futuro parecia brilhante, do quanto ele se sentia forte e corajoso e como tudo se transformara, literalmente, em um apocalipse. Quando percebeu, Péu não só chorava como também cantava, baixinho, a letra da música, unindo-se a Cazuza:

Cansado de correr
Na direção contrária
Sem pódio de chegada ou beijo de namorada
Eu sou mais um cara

Pelo retrovisor, Talitta percebeu a lágrima discreta que escorreu dos olhos de Péu, assim como o sutil movimento da boca, que pronunciava as letras da canção. Os olhares dos dois se encontraram. Ela abriu um sorriso discreto e também começou a cantar a música, unindo-se a ele:

Mas se você achar
Que eu tô derrotado
Saiba que ainda estão rolando os dados
Porque o tempo, o tempo não para

Ao ouvir a voz de Talitta, Péu cantou mais alto. Quando deram por si, os dois entoavam as estrofes a plenos pulmões. Talitta deu uma cotovelada em Maikon, intimando-o a cantar também. Gabriel, se dando por vencido, também se uniu àquela sinfonia de quatro vozes que, apesar de não terem nada a ver, estranhamente harmonizavam:

Dias sim, dias não
Eu vou sobrevivendo sem um arranhão
Da caridade de quem me detesta

Maikon batucava o painel do carro no ritmo da música, e Péu segurou um microfone imaginário, cantando tão alto que as veias do pescoço saltavam na pele. Talitta desfez o coque e abriu as janelas, deixando as tranças dançarem com o vento. No refrão, já empolgados e envolvidos pelo poder da música, os quatro gritaram em uníssono cada uma das palavras:

A tua piscina tá cheia de ratos
Tuas ideias não correspondem aos fatos
O tempo não paraaaaaa

Lágrimas rolavam pelo rosto de Talitta.

Eu vejo o futuro repetir o passado
Eu vejo um museu de grandes novidades
O tempo não para
Não para, não, não paraaaaaaa

A música foi cortada, o sinal da rádio caiu, mas os quatro seguiram cantando que o tempo não para. Até que o sinalizador do painel de combustível indicou que a gasolina do carro estava próxima do fim.

— Como assim? — questionou Talitta, interrompendo a cantoria. — A gente acabou de abastecer!

— Devem ter batizado a gasolina — sugeriu Péu. — É a vida do carioca, né? Sempre desapontado, mas nunca surpreso.

Talitta bufou. As risadas cessaram e eles foram tragados novamente pela realidade. Tensos, seguiram por mais alguns metros, até que surgiu o Botafogo Praia Shopping, um estabelecimento de sete andares onde certamente haveria uma farmácia.

Eles não poderiam se dar ao luxo de seguir procurando pelo remédio, peregrinando atrás de uma farmácia vazia, não com um prazo de 12 horas para chegar à base militar e com a gasolina acabando. Sem consultar os demais, Talitta subiu com o carro na calçada e estacionou na frente da entrada principal do shopping.

— Tá doida? — protestou Péu. — Isso aí vai estar cheio de zumbis ou, na melhor das hipóteses, de saqueadores. Deve estar pior que as farmácias que vimos no caminho.

— Não dá mais pra rodar por aí. Gabs tá mal e o combustível tá acabando. É o shopping ou nada.

— Eu avisei que ia dar ruim — disse Maikon.

— Vai dar certo! A gente vai pegar a insulina e em dez minutos a gente toca pra Niterói.

— E se atacarem a gente?

— A gente improvisa. Fizemos isso até agora e estamos aqui, não estamos?

Sob as ordens da funkeira, os quatro desceram do carro. Maikon ficou de guarda no veículo com a promessa de buzinar em caso de emergência.

Em passos silenciosos, Talitta, Péu e Gabs se encaminharam para a entrada do shopping. A porta automática abriu.

Sou Carol de Niterói! Vou mandar meu papo!
Eu não sou cerveja, mas só vivo no gelado
No ar-condicionado, no ar-condicionado
Tirou minha calcinha e meteu o pau gelado
No ar-condicionado, no ar-condicionado

O batidão do funk de MC Carol de Niterói estourou nos ouvidos deles. Em algum lugar daquele shopping, em meio ao apocalipse, rolava um baile funk apocalíptico.

Estranhos no ninho

Engolindo seus pensamentos, Péu adentrou o shopping atrás de Talitta e Gabs. Ela não ia dar meia-volta e ele também não estava disposto a começar outra briga. Voto vencido, Péu só seguiu, rezando para saírem vivos de mais aquela parada, traumatizado após os eventos do Barra Beach Lounge.

O som do funk ia ficando mais intenso a cada passo. Eles não cruzaram com nenhum humano ou zumbi, mas, para além da música alta, começaram a notar o som de falatórios animados, vindos dos outros andares do shopping. Eles não estavam sozinhos.

— Quem ia dar um baile funk no fim do mundo? — Péu deixou escapar o pensamento em voz alta.

— Depois daquele surto no Barra Beach Lounge eu não duvido de mais nada. Não quero ficar tempo suficiente pra descobrir. Vamos encontrar a farmácia e acabar logo com isso — respondeu Talitta.

— Mas não é perigoso? Não é melhor voltar? Deve ter uma caralhada de gente lá em cima.

— Péu, se você quiser esperar no carro com Maikon, fique à vontade!

Apesar de não admitir nervosismo, o estômago de Talitta embrulhou de medo. O estranhamento aumentava conforme ela notava as lojas com as vitrines praticamente cheias e as estruturas intactas. Diferente de todos os estabelecimentos no caminho, ali nenhum humano se estapeava por provisão nem zumbis se estapeavam pelos humanos.

Por um breve momento, Gabs se afastou do grupo. Cambaleante, entrou em uma loja de bolsas e voltou com uma mochila nas costas. — Para a gente levar suprimentos — disse, com a voz fraca. Uma farmácia apareceu à direita, eles entraram.

Enquanto Talitta procurava a insulina, os rapazes passeavam pelos corredores, enchendo a mochila com o que encontravam. Garrafas de água, sucos, esparadrapo, dipirona, sabonete, camisinha... apesar de visivelmente desfalcado, o lugar, assim como as demais lojas do shopping, ainda contava com uma quantidade atípica de produtos para os padrões apocalípticos.

Minutos depois, Talitta voltou dos fundos da farmácia, equilibrando nos braços um carregamento de canetas descartáveis de insulina, álcool e algodão. Cuidadosa, sentou-se na frente de Gabs, embebeu o algodão no álcool e esfregou na parte interna do braço do rapaz. Só então ela abriu a tampa da caneta de insulina, revelando a agulha. Em seguida, ajustou o medidor e lentamente injetou a medicação na pele do jovem. Acostumado, Gabs não esboçou nenhum sinal de dor.

— Você é mais legal assim, sabia?
— Assim como?

— Quando você deixa toda essa falsa confiança da Talitta Bumbum de lado, quando você é só a Talitta.

Talitta deu de ombros frente ao comentário.

— Não tem nada disso, Gabs. Eu gosto de pensar que tem alguém fazendo o mesmo pela minha avó. Enfim, vamos meter o pé. Toma. — Talitta entregou o bolo de canetas de insulina para Gabs. — Guarda na mochila.

— Me dá também a chave, a gente não pode correr o risco de perder outra vez. — pediu Gabs.

Talitta entregou as chaves do Chevette para Gabs, que a guardou na mochila.

Foi então que eles ouviram o barulho da buzina do Chevette, indicando que algo estava errado.

— Bora! — gritou Talitta.

Péu, Gabs e Talitta correram para fora da farmácia, desembocando no corredor de entrada do shopping, e então avançaram velozes para a saída. Atrás deles surgiu um grupo de pessoas encapuzadas.

— Parem, invasores! — ordenou uma das figuras

— Puta que pariu, mais malucos? — gritou Talitta para os amigos.

Mas o trio não obedeceu, pelo contrário, seguiu em disparada em direção à saída. Os estranhos sacaram suas facas, até então ocultas por baixo de suas capas pretas, e as arremessaram na direção dos fugitivos.

Péu, Talitta e Gabs se jogaram no chão, as mãos sobre a cabeça. Eles estavam encurralados. Os encapuzados aproximaram-se e, lentamente, Talitta levantou o rosto e encarou os agressores, mas não viu rosto nenhum. Todos os membros do grupo tinham a face coberta por bizarras máscaras de bico de corvo em couro, iguais às usadas na época do combate à peste bubônica. Nas mãos dos mascarados, toda sorte de objeto passível de ser utilizado para defesa pessoal: facas, canivetes e até mesmo baquetas de baterias e cabos de vassoura.

Talitta engoliu em seco. Embasbacada, ela os analisava, tentando entender aquela bizarrice. Então, ela o viu.

— Maikon?

Seu coração acelerou quando viu Maikon imobilizado no meio daquela gente bizarra. O jogador estava com um pedaço de pano enfiado na boca, e sangue escorria pela têmpora direita. Uma mulher alta e com cabelos loiros que escorriam para fora da máscara deu dois passos à frente, destacando-se do grupo.

— Quanta coragem vocês têm pra saquear o ninho dos Alados dos Últimos Dias.

— Pera, o quê? — questionou Talitta

— Você adentrou o ninho dos Alados dos Últimos Dias.

— Esse é o nome de vocês?

— Aham.

Talitta levou a mão à boca para esconder a careta debochada que fez ao ouvir aquela patifaria.

— Tá achando graça? — perguntou a mulher.

Incapaz de conter a língua dentro da boca, Talitta continuou:

— Não. Que isso. É que — ela deixou escapar outro risinho — esse nome, né...

— Tu tá de sacanagem com a nossa cara, garota?

— Perdão. Eu rio de nervoso.

Talitta irrompeu em uma gargalhada, dobrando-se sobre si mesma e rindo descontroladamente. Chocados com a reação e com os olhos esbugalhados pela adrenalina e pelo medo, Péu e Gabs a cutucaram, irados, pedindo para que ela parasse com aquela reação. Mas Talitta simplesmente não conseguia parar de rir.

A loira apontou sua arma para Talitta. Ela mordeu os lábios com tanta força que fez surgir um filete de sangue. Então, tentou se recompor e, finalmente, retomou a fala:

— Olha, a gente só precisava de um remédio, já estamos indo.

— Cala a boca — ordenou a líder mascarada.

— Calma! Olha, você não tá me reconhecendo? Eu sou a...

A mulher atirou uma de suas muitas facas na direção de Talitta. O arremesso foi preciso, a lâmina passou rente à cabeça da funkeira para então se cravar na parede atrás dela. Aparentemente a tática usada para entrar no Barra Beach Lounge não funcionaria com aquela gente ali.

— Tá doidona, porra? Vocês são do Cirque du Soleil?

— É incrível o que a gente aprende a fazer depois de uma vida como chefe de cozinha — respondeu a mulher. — Pode soltar o outro — disse para os seus companheiros.

Maikon foi jogado ao chão, indo parar ao lado de Talitta.

— Matem eles e levem as carcaças para os Enviados. Esses aí não merecem o renascimento — ordenou a mulher.

Os gritos de Talitta, Péu, Maikon e Gabs abafaram o som da música alta que ainda estourava no andar de cima. Cinco mascarados avançaram na direção deles, as armas improvisadas em punho. Eles não tinham para onde fugir. Estavam desarmados, machucados e em menor quantidade. Os encapuzados agarraram suas pernas e cabelos e os arrastaram pelo piso do shopping. Talitta se debatia, tentando chutá-los, não chegara tão longe para colocar tudo a perder por conta de sua teimosia. Ela sempre colocava tudo a perder. Uma lágrima escorreu pelo seu rosto e ela fechou os olhos, a lágrima morrendo nos lábios.

Talitta acertou um encapuzado com um chute no saco. Com um salto, ela colocou-se de pé. Poderia até morrer, mas morreria lutando. Ela veio de Nova Iguaçu e não ia deitar para aquele bando de playboys da Zona Sul, tudo zureta das ideias. Os mascarados avançaram, prontos para o combate.

— Chefinha! — soou a voz esganiçada do fundo do corredor.

Os estranhos pararam e olharam para trás. Ao fundo do shopping, um borrão colorido vinha na direção deles.

— Ma-Mari?

A assistente de Talitta era a última pessoa que ela imaginaria encontrar em uma situação como aquela. Saltitante, a jovem se aproximava em passos apressados. Diferente dos demais, vestia um kaftan florido que parecia ganhar asas conforme ela corria. Em sua mão direita, Mari carregava uma máscara da peste bubônica, idêntica à dos demais e, na esquerda, o seu típico bastão de sálvia. Talitta nunca ficara tão feliz com a imagem da sua assistente, nem quando ela a salvou de um cancelamento do Twitter depois de ter elogiado um filme do Harry Potter.

Mari empurrou o grupo de mascarados, abriu caminho até Talitta e ajoelhou-se ao lado da chefe.

— Não tem necessidade de pesar o ambiente, companheiros! Larguem eles. Pode relaxar, Rebeca. Eles são seres de luz, tão comigo! — falou Mari para os demais.

— Porra, Mari, por que não falou antes? Quase que eles viram oferenda antes da hora.

Rebeca, a mulher loira, levantou a máscara, revelando um rosto jovial com três tatuagens coloridas no formato de passarinhos acima da sobrancelha direita. Os demais a imitaram, as feições estranhamente sorridentes e relaxadas, todos com a mesma tatuagem dos pássaros.

Mari se aproximou de Talitta a ponto do nariz de uma tocar o da outra. Ela pousou um beijo nos lábios da antiga chefe. Atordoada, Talitta só foi capaz de apontar para a tatuagem na testa de Mari e perguntar:

— Tatuagem nova?

Com um salto repentino, Mari se colocou de pé, abriu os braços e rodopiou. Os outros cinco mascarados fizeram o mesmo. Juntos gritaram em uníssono:

— Bem-vindos ao ninho!

Orgias apocalípticas

Acompanhados por Mari e Rebeca, nossos sobreviventes chegaram ao segundo andar do shopping onde o baile funk ressoava. Embasbacada, Talitta teve certeza de que alguém tinha batizado sua garrafinha de água com alucinógenos. A realidade que se desenhava naquele não lugar era absurda em sua ordinariedade.

Com um paredão de som que remetia aos tempos da Furacão 2000, dezenas de pessoas dançavam, bebiam, cantavam e se esfregavam umas nas outras. Se não fossem as máscaras de bico da peste bubônica e as tatuagens de passarinhos na testa, aquele seria o cenário dos shows de baile de favela que Talitta fazia no início da carreira.

— Vem, vamos arrumar roupas melhores pra vocês e descolar algo pra comer! Hoje é um grande dia, nada de usar esses tons carregados.

Mari falava gritando, na tentativa de se fazer ouvir em meio ao som alto. Gabs, Péu, Maikon e Talitta a acompanharam em direção ao sexto andar, onde ficava a praça de alimentação. No caminho, passaram por uma loja de jeans que fora adaptada como estoque. Atento, Gabs parou na frente do lugar e grudou os olhos no vidro.

— Vocês têm gasolina? A nossa tá acabando.
— Temos, sim, rapaz. Temos, sim. Podemos seguir?

Eles chegaram no andar da praça de alimentação. Espalhados pelas mesas, membros do grupo das mais variadas idades comiam e conversavam, observando, curiosos, a chegada dos novatos. O murmurinho das fofocas que logo se instalou por todo o lugar se fazia ouvir.

— Mari, o que tá acontecendo aqui? A gente acabou de passar por uma grande loucura na Barra, um clube de ricos que acabou sendo atacado. Não acho que seja uma boa ideia...

Um homem mascarado gritou para Mari, que ignorava o monólogo da ex-chefe.

— Novos membros? — um homem gritou para Mari
— Praticamente!

Mari sentou com os quatro em uma mesa ao lado da janela.

— Vocês preferem McDonald's ou Burger King? Tem os dois aqui e nem parece que os hambúrgueres foram feitos há três dias, a magia do fast-food.

— Mari, eu agradeço muito por ter salvado a nossa pele, mas a gente precisa mesmo ir embora.

— Chefinha, calma. Espera as coisas esfriarem, o pessoal tá agitado. Rebeca tá revoltada porque não pôde dar cabo de vocês. Deu um trabalho danado manter o nosso território aqui, e hoje é meio que um dia sagrado. Se vocês saírem agora podem passar a impressão errada. Confia em mim, é pro seu bem.

Mari se afastou. Pela janela eles podiam ver o morro do Pão de Açúcar. O outrora esplêndido ponto turístico estava salpicado por inúmeros pontos em chamas, o cabo que ligava os bondinhos até o morro estava destruído, mas já não era possível ouvir ali os gritos de desespero pela cidade, silenciados pelo falatório animado e pela música alta. Talitta se pegou pensando em quantas histórias tinham se perdido nos últimos dias, quantas avós estavam desaparecidas...

— Terra para Talitta? — Péu estalou os dedos em frente ao rosto dela. — Que gente é essa?

— Não sei, mas a Mari trabalha comigo há anos, é gente boa. Se ela tá aqui não deve ser tão ruim. Vamos só esperar a poeira abaixar e dar o fora daqui.

— A gente pensou o mesmo daquele inferno de lounge e olha no que deu — comentou Gabs.

Mari voltou com uma bandeja cheia de sanduíches. A visão da comida encheu as bocas do grupo de saliva. Os quatro devoraram imediatamente.

— Viva os conservantes! — comemorou Mari, vendo a empolgação do quarteto com a comida. — Eu disse que o gosto era o mesmo.

Com a boca cheia, Talitta bombardeava a assistente de perguntas.

— Mari, que merda tá rolando aqui?

— Chefinha, aqui não usamos palavras com potencial de manifestação negativa.

— Ela não pode falar "merda", mas seus amigos podem tentar matar a gente? — questionou Péu.

Mari deu de ombros.

— Não é gloriosa a contradição? Não somatizem o que aconteceu, não foi nada pessoal. Precisamos tomar conta do nosso ninho; muitos já tentaram invadir. Aqui somos testemunhas de algo grandioso, e hoje é um dia cabalístico, não foi à toa que o universo os trouxe até nós. Terminem de comer. Vou levar vocês para trocarem de roupa antes da nossa grande cerimônia. Não é porque o mundo tá recomeçando que vocês precisam andar desse jeito.

Acompanhados de Mari, eles foram até uma das lojas de departamentos do shopping. Os quatro se espalharam pelas araras, escolhendo novas mudas de roupa e jogando os trapos que vestiam, já rasgados e ensanguentados, nas latas de lixo.

Talitta entrou no provador com suas novas peças e Mari foi logo atrás, flagrando a ex-chefe de calcinha e sutiã. Ela se aproximou, prestes a lhe dar outro beijo, mas Talitta virou o rosto.

— Agora não, Mari.

A assistente revirou os olhos.

— Você não devia andar com esses caras, principalmente depois de tudo que aconteceu. Os três tiveram um papel determinante na sua derrocada. Além disso, a aura desse Péu tá afetando a sua, e aquele mais novinho projeta uma energia desestabilizante.

— É, mas se eu tô viva é também graças a eles. Se eu tivesse sozinha não ia ter nem aura pra contar a história.

— Como vocês terminaram juntos? Vocês quatro?

Talitta deu um suspiro profundo, terminando de se vestir.

— Longa história.

Mari puxou Talitta pela cintura.

— Senti sua falta, chefinha.

— Para, Mari — disse Talitta, se afastando. — Não tô com cabeça pra isso. Não sei se você e seus amiguinhos alados perceberam, mas o mundo tá acabando. Parece que todo mundo nessa merda de cidade tá esquecendo disso, vocês seguem vivendo a vida normalmente, partindo pra próxima maluquice como se do lado não tivesse gente morrendo de segundo em segundo!

— Aí é que você se engana. O mundo não tá acabando, ele tá renascendo!

Abrindo as cortinas do provador com mais força do que o necessário, Mari deixou Talitta terminar de se vestir sozinha. Minutos depois, a funkeira saiu do provador, as longas tranças soltas, um coturno preto, calça jeans, uma camiseta e uma jaqueta de couro. Um look adequado às necessidades dos novos tempos: matar zumbis. Vestido todo em jeans, como Justin Timberlake no VMA de 2001, Maikon gaguejou frente à visão de Talitta.

— Uau. Você tá linda.

— Eu sou linda, Maikon, e você até que fica gatinho sem aquela blusa horrorosa do banco. Laranja não é a sua cor.

— Miau!

Talitta soltou uma risada inesperada com aquela bobeirinha. Maikon vinha mostrando uma faceta tão diferente daquela que ela conhecera nos últimos anos. O novo mundo transformou seu noivo, e só por alguns segundos ela imaginou um futuro próximo onde sua avó estivesse salva e Maikon fosse seu futuro marido.

Inquieto desde que pisara no shopping, Péu foi direto ao assunto:

— Me conta aí, ô, gratiluz, que delírio coletivo é esse que tá rolando com seus amiguinhos de máscara? Tão retomando o Carnaval?

Mari abriu os braços, fechou os olhos e disse, a plenos pulmões:

— Vocês não sentem o poder cósmico pulsando em nossa pele?

— Não, por favor, não roda outra vez — debochou Péu.

— O ceticismo padece frente à verdade. Ou vocês acham que foi acaso a chegada de vocês ao ninho no dia do Ragnarok Carioca?

— Mari, fala de um jeito que a gente entenda — pediu Talitta.

— Sentem-se, façam uma roda.

— Vai demorar? A gente precisa mesmo ir.

Mari não respondeu à pergunta de Talitta; em vez disso, sentou-se no chão e fechou os olhos. Vencidos e curiosos pelo que ela tinha a dizer, os demais a imitaram.

— Ué? Cadê o Gabs? — Péu perguntou a Talitta.

— Shiu! — ralhou Mari. — Revisitar o passado demanda atenção. Respeitem a minha jornada.

Os três obedeceram, entrando na performance de Mari, na esperança de entender que diabos estava acontecendo ali.

Com a voz embargada e as pálpebras enrugadas de tão cerradas, ela começou:

— Quando a bênção se abateu sobre nós, eu estava cega. Como a maioria, rejeitei o divino e ataquei o milagre, ignorante demais para conseguir enxergar.

Ainda no provador, Gabs se esticava na ponta do pé, o celular empunhado, na esperança de conseguir sinal. Finalmente um pontinho apareceu na barra de recepção telefônica. Sem perder tempo, discou o número da mãe.

Ela atendeu na no primeiro toque. Eles conversaram por dois minutos. O assunto? Ele vai contar pra geral em algumas páginas, mas adianto que o papo foi breve, a ligação logo caiu com a instabilidade das redes de comunicação.

Gabs desligou o telefone, guardou o aparelho no fundo da mochila e saiu do provador.

Avistando o namorado, Péu fez sinal para Gabs sentar-se ao seu lado na roda enquanto Mari continuava seu testemunho.

— Como muitas pessoas, eu segui a multidão, confundi o sagrado com o profano e padeci no mais profundo desespero. Herege, chamei o início de uma nova era de fim dos tempos.

Um mascarado surgiu atrás de Mari, tocou em seu ombro e cochichou em seu ouvido, despertando-a daquele estado de quase transe. A riponga assentiu com a cabeça, respondendo que em cinco minutos se uniria a eles. O homem partiu.

Mari berrou, retomando o tom pseudomístico:

— Miséria! Ignorância! Essas chagas me flagelavam enquanto eu padecia em uma base militar com a energia tão pesada quanto a casa do Big Brother Brasil. Mas tudo mudou quando os Alados passaram por lá, espalhando a palavra da Salvação. Assim que eu ouvi as mensagens do nosso mestre, do nosso mito, as escamas caíram dos meus olhos. Eu os acompanhei até o ninho para completar a nossa missão, marquei na pele o meu comprometimento — ela apontou para a tatuagem na testa — e me tornei uma deles. Encontrei o caminho, e hoje sou uma Alada e enfim chegamos ao último dia.

Talitta pigarreou, interrompendo a assistente. Aos poucos, a praça de alimentação se esvaziava. Os membros da seita seguiam para o andar de baixo, deixando-os praticamente sozinho.

— Legal, Mari. — A paciência de Talitta acabava. — Mas você mencionou uma base militar? Onde você tava quando eles te encontraram?

— Quando o milagre tomou as ruas do Rio de Janeiro, os militares conseguiram evacuar algumas áreas da cidade, foi o meu caso, me trancafiaram em um camburão até Niterói e me largaram numa base militar lá perto.

— Zona militar de Niterói? A base do Mocanguê?
— Isso!
— Minha avó...
— Nossa, verdade! Sim! Ela tá lá.
— Você tava com a minha avó?
— Aham, levei ela pra minha casa depois da confusão no estúdio. Você pediu pra eu ficar de olho nela, foi o que eu fiz.
— E como você só me fala uma coisa dessas agora, Mariana?

Talitta deu um salto, colocando-se de pé. Agora ela tinha certeza de que sua avó ainda estava viva! Viva! Ela não podia mais perder tempo. Mari segurou seus braços e pediu que ela esperasse só mais um pouco, a hora da salvação se aproximava, eles não deveriam partir antes disso.

— Desculpa, Mari. Obrigada pela comida e pelas roupas, boa sorte com sua seita, mas eu preciso encontrar minha avó.

— Não, Talitta, por favor, não desce agora! Só espera mais um pouco.

Talitta abraçou Mari, mas a assistente permaneceu com os braços caídos, sem retribuir o aperto, o rosto rígido.

— Pegaram tudo, meninos? Vamos nessa?

A cantora se colocou de pé, estranhando o esvaziamento do espaço ao redor. Com Gabs, Péu e Maikon em seu encalço, Talitta deixou Mari para trás e desceu as escadas, sem imaginar que daria de cara com a maior orgia que veria em toda a sua vida.

SURUBAPALOOZA

Talitta nunca tinha visto tanta gente pelada.

Com a exceção da máscara de bico de corvo, todos os membros da seita estavam completamente nus. Espalhados pelo segundo andar do shopping, se lambiam, chupavam, penetravam e urravam em êxtase.

Pessoas dos todos os gêneros, cores e idades se amassavam e esfregavam, em uma intensidade tamanha a ponto de parecer a última foda de suas vidas.

Atrás deles, já completamente nua e com a máscara no rosto, Mari desceu as escadas, saltitando em direção ao bacanal. Quando passou por eles, sussurrou:

— Eu falei que era melhor esperar.

Então seguiu seu caminho em direção à suruba. Ela se ajoelhou na frente de Rebeca, a mulher loira que quase matou Talitta, levantou a máscara e afogou o rosto na virilha dela, lambuzando-se. Minutos depois, um homem de um metro e noventa se aproximou. Mari o puxou pela coxa e eles se uniram em um ménage, emitindo gemidos de prazer que se perderam em meio ao gozo generalizado.

— Credo, que delícia — comentou Gabs.

Talitta, Péu, Maikon e Gabs ficaram alguns segundos parados, embasbacados frente à cena, o pau de Péu latejando sob a calça. Aquela suruba fazia suas brincadeirinhas com Gabs em saunas do Rio de Janeiro parecerem cenas de sexo de novela das seis. Talitta estalou os dedos na frente do rosto dos amigos, despertando-os do transe.

— Já deu, né? Bora meter o pé? Ou alguém quer dar uma fast foda?

O quarteto avançou, mas atravessar a multidão pelada e orgástica em direção ao primeiro andar e à saída do shopping não se mostrou uma tarefa simples. Obstinada em chegar o mais rápido possível, Talitta seguia dando as ordens:

— Se segurem pra gente não se perder na surubapalooza!

Com as mãos no ombro uns dos outros como crianças na fila do recreio da escola, eles avançaram. Talitta tomou a dianteira, seguida por Péu, Maikon e, por último, Gabs. A tarefa lembrava a noite em que ela, na época anônima, atravessou a multidão do Rock in Rio depois do show da Rihanna. Se a multidão estivesse nua. E fodendo. E tentando te puxar pra putaria a cada passo. E se a cada metro uma poça de porra pudesse te fazer escorregar.

A funkeira olhou por cima do ombro e percebeu que Gabs tinha desaparecido.

— Ué? Cadê o Gabriel?

Eles pararam, perscrutando a multidão. Nem sinal do rapaz. Eles gritavam por Gabs, mas o esforço era inútil, as vozes se perdiam no meio dos gemidos e do som da música alta.

Até que a música subitamente parou, ecoando apenas o ruído de um sino.

As luzes se apagaram e as enormes janelas do shopping foram cobertas por cortinas. O silêncio e a escuridão tomaram conta do lugar. Os membros da seita, que até então seguiam naquele clima orgástico, pararam de se mover. Aos poucos, se colocavam de pé e abaixavam a cabeça, reverenciando a figura feminina que surgiu na frente da multidão.

A mulher avançou, solene, imponente com seus quase dois metros, a líder dos Alados. Ela abaixou o capuz, revelando uma cabeça careca que brilhou na escuridão, um crucifixo pendurado no torso nu. Ela abriu os braços e falou, sua voz grave fazendo estremecer o ambiente:

— Tragam nossos milagres.

Dez membros da seita se aproximaram e caminharam para dentro de uma das lojas do shopping, voltando um minuto depois. Cada um arrastava uma gaiola gigante.

Se Talitta estivesse com o estômago cheio, teria vomitado. Em cada uma das jaulas havia um zumbi. Alguns inteiros, outros sem um braço ou uma perna, mas todos com as bocas arreganhadas, os dentes podres, uivando por comida. Chacoalharam as grades, tentando sair dali, enlouquecidos com o cheiro de carne fresca ao redor. Com os olhos já adaptados à escuridão, Talitta contou: eram dez gaiolas, dez monstros.

Tensa, a funkeira fez sinal com a cabeça para que seguissem para a saída, tudo indicava que aquilo não ia dar bom.

— Eu não posso ir sem o Gabs.

— Ele tá com a chave do carro, deve estar esperando a gente lá fora. É o mais lógico.

Apreensivo, Péu concordou. Eles se esgueiravam em meio à multidão. A sacerdotisa falou outra vez, sua voz ainda mais retumbante:

— Meus filhos, regozijai-vos! Todos os caminhos trilhados, todos os voos alçados até este momento nos trouxeram até aqui, até o nosso ninho. Toda a dor, toda a mentira, toda a fome e o sofrimento do velho mundo já ficaram para trás.

O trio seguia caminhando de mãos dadas pelas fileiras de pessoas nuas, aproveitando-se da distração dos peladões com os olhos fixos na mulher à sua frente, que continuava a discursar:

— O Ragnarok está sobre nós, o arrebatamento chegou e vocês são os escolhidos para semear o novo mundo, a nova vida! Este universo não é mais a nossa casa e chegou a hora de deixar o ninho, chegou a hora de voar!

Maikon, Talitta e Péu já estavam próximos da escada quando Rebeca surgiu na frente deles. Com uma de suas facas em punho, sussurrou que não os deixaria estragar aquele momento sagrado. Eles se interromperam, com a voz da sacerdotisa ainda vibrando pelos quatro cantos.

— Tenham fé. Abram os braços e aceitem esse milagre. Esse é um ato de paixão revolucionária e vocês serão recebidos de braços abertos do outro lado enquanto deixamos nossas carcaças servirem ao desejo do sagrado!

— Amém! Amém! Amém!

Os gritos de agradecimento tomaram conta do ambiente. As dezenas de fiéis nus agora abriam os braços, os olhos fechados em êxtase, mas Rebeca seguia com a faca apontada para eles.

— Eu sabia que vocês eram hereges. Sinto o cheiro de longe — cuspiu.

— Eu sou do candomblé, meu amor! Sou filha de Xangô! Se tem uma coisa que não sou é herege — rebateu Talitta.

— Eu sei quem você é, se diz cantora, mas só sabe ficar mostrando o corpo e fazer música para marginal.

Talitta engolia o ódio, tentando se controlar.

A sacerdotisa abaixou a cabeça e abriu os braços. Os seguidores que surgiram com as jaulas posicionaram-se em frente a elas. Foi então que Rebeca desviou os olhos para o altar.

— Eu vou te desmaiar, Xuxa da Shopee!

Talitta agarrou o pulso de Rebeca. A faca caiu no chão e deslizou para longe deles, e, desarmada, Rebeca fugiu, enfiando-se no meio do povo.

— Sigam o meu exemplo. — Na frente da multidão, a sacerdotisa deixou seu grande robe cair no chão enquanto proferia suas últimas palavras: — Nos vemos no próximo plano.

Os dez seguidores abriram as dez jaulas, e os dez zumbis avançaram contra a multidão que os esperava de braços abertos. Dois dos monstros se jogaram contra a sacerdotisa. Enquanto ela era devorada pela dupla de zumbis, os seus gritos de aleluia transformaram-se em urros de dor.

Um pandemônio tomou conta do lugar. Sangue jorrava pelo ar conforme os monstros assassinavam e dilaceravam a carne daquelas pessoas. Não demorou muito para se unirem à sinfonia os grunhidos que vinham com os jorros de vermes que deixavam os estômagos dos zumbis e penetravam os corpos dos novos mortos.

Talitta, Péu e Maikon saltaram pelos degraus da escada, mas, frente à dor e ao desespero generalizado, não eram os únicos tentando fugir. Vários membros da seita, arrependidos frente ao horror da morte coletiva, começaram a fazer o mesmo, arrancando suas máscaras e correndo dos zumbis e dos vermes néon, a despeito de alguns de seus parceiros que pareciam encontrar o nirvana ao serem brutalmente devorados.

Em meio à fuga, Talitta avistou Mari. Com os olhos fechados e espremida contra um canto da parede, a jovem assistente tremia e chorava, abraçada a si mesma. Talitta gritou por ela, mas Mari pareceu não ouvir. Péu e Maikon foram arrastados pela multidão que batia em retirada. Talitta tomou o contrafluxo e tornou a subir as escadas, não deixaria Mari ser assassinada.

Alguns dos membros da seita despertavam da morte após serem infectados pelos vermes que jorravam da boca das criaturas. A cada minuto mais monstros e vermes empesteavam o shopping.

Depois de distribuir um sem-número de pontapés, empurrões e cotoveladas, Talitta finalmente alcançou Mari. Ela segurou o pulso da assistente e implorou que fugisse com eles.

— Esta é a minha escolha, chefinha.

— Para com essa loucura, vem comigo!

— Manda um beijo para a sua avó. Ela sente muito orgulho de você.

A sacerdotisa, agora uma zumbi gigantesca, avançou na direção das duas. Mari se colocou na frente de Talitta e abriu os braços. Lágrimas escorreram pelas bochechas das duas.

— Essa honra é minhaaaa!

Gritando, Rebeca empurrou Mari e se jogou na frente da zumbi. A monstra cravou os dentes na pele macia e o sangue da mulher espirrou por todos os lados, pintando a cara de Talitta e de Mari.

— Meninas!

A alguns metros delas, Maikon e Péu gritavam, de pé sobre uma bancada de quiosque de açaí, as cadeiras empunhadas como armas na mão. Na frente de Talitta, a sacerdotisa zumbi jorrava seus vermes laranja sobre o cadáver de Rebeca; em segundos ela voltaria transformada da morte. A seu lado, tingida pelo sangue da amiga, Mari parecia catatônica, incapaz de reagir. Talitta deu um tapa na cara da assistente, trazendo-a de volta a si, e puxou seu braço. As duas correram.

Elas atravessaram a multidão e alcançaram Maikon e Péu. Juntos, tomaram as escadas, pulando de dois em dois degraus. Como uma bola de neve humana e pútrida, um grupo de zumbis escorregou escada abaixo. Talitta, Mari e Péu saltaram pelo corrimão, mas Maikon foi derrubado como um pino de boliche, as criaturas se jogaram contra ele e vermes alaranjados foram vomitados em jatos pelo lugar.

Talitta, com seu novo coturno, chutou a cara do zumbi que estava sobre Maikon e puxou o noivo, que estava coberto pelos vermes.

— Porra, essas merdas me amam! — gritou Maikon enquanto corria e tentava arrancar os vermes que se espalharam por sua pele.

No andar de cima, uma das criaturas tropeçou sobre a caixa de som e o batidão voltou a tocar:

Olha só quem chegou, bebê, a tropa da Ludmilla!
Hoje eu vou botar pra ferver
Joga tudo nesse clima!

— Eles trancaram a saída principal, ninguém entra e ninguém sai! Vira, ali! Tem uma saída de funcionários que deixaram aberta, dá na lateral do shopping — gritou Mari, recuperando a voz e tomando a dianteira.

Eles a seguiram, e dois zumbis foram atrás. Uma outra música começou a tocar, substituindo "Socadona" da Ludmilla.

BUMBUMBUMBUMBUM
EU SOU A GAROTA BUMBUM BUMBUMBUM

Talitta reconheceu o seu som no primeiro segundo. Os zumbis se aproximavam deles.

— É "Garota Bumbum"! Minha música!
— Foda-se! — gritou Péu.

Eles já conseguiam ver a porta de saída. Talitta espiou por trás dos ombros, mas os zumbis já não os perseguiam. Miraculosamente, todos eles tinham sumido. Os sobreviventes caíram na rua perpendicular à principal e cambalearam até a entrada do shopping, os gritos do massacre se fazendo ouvir pelas ruas de Botafogo.

— Você viu isso? Que estranho, eles simplesmente sumiram, desistiram da gente.

— Com tanta gente morta dentro do shopping seria burrice correr atrás da gente — concluiu Péu.

— Mas eles não pensam, pensam?

"Garota Bumbum" seguia ecoando dentro do shopping. Os quatro caminharam pelo quarteirão em direção à entrada principal onde estava o carro. A música já não se fazia ouvir. Talitta entregou seu casaco para Mari, que até então seguia coberta por nada além do sangue seco de Rebeca enquanto Maikon olhava por dentro da calça e camiseta, conferindo se todos os vermes haviam deixado sua pele.

— Essas porrinhas me amam, não é possível, devo ter o sangue doce.

Eles passaram por uma estação de patinetes elétricos e viram quando um dos membros da seita se jogou pela janela do primeiro andar. Mesmo machucado pela queda, tomou um dos veículos e patinou para longe da carnificina. Assim como ele, mais sobreviventes começaram a deixar o shopping pelas janelas, aproveitando os breves momentos de distração e deleite dos zumbis com o banquete.

— Gabriel!

Péu respirou aliviado quando viu que Gabs os esperava na frente do carro. Com um dos galões de gasolina surrupiado do estoque dos Alados, ele enchia o tanque do Chevette. Péu o tomou em um abraço apertado.

— Meu amor, você tá bem? O que aconteceu? Você se machucou?

Gabriel não respondeu.

— Viu, eu disse que ele tava aqui, Gabriel é brabo! Ainda deu uma mão grude na gasolina! Vamos, não dou dois minutos até essa zumbilhada sair do shopping — disse Talitta, abrindo a porta de trás do carro.

Mas Gabriel empurrou a porta antes que Talitta conseguisse entrar.

— Gabriel?

— O que você tá fazendo, amor? — perguntou Péu.

— Eu tô te dando o que você merece, otário.

Gabriel levou a mão até o bolso de trás, de onde tirou uma faca. Ele apontou a arma para o namorado. Um corpo tombou no chão.

Para sempre Volta Redonda

Maikon caiu no chão, desmaiado. Gabs seguia com a faca apontada para eles.

Dos pés à cabeça, Maikon tremia e sacolejava, pulsando no chão em convulsões. Talitta se ajoelhou ao lado dele e encostou a mão na pele, que subitamente queimava em febre.

— Abaixa isso, Gabriel!

— Você não é meu pai, Pedro. Você não manda mais em mim.

Os rugidos dos zumbis ficavam mais próximos. Mais membros da seita começaram a irromper para fora do Botafogo Praia Shopping, todos nus e ensanguentados. Certamente atrairiam os zumbis de toda a região. Seria questão de tempo até o lugar ser completamente tomado pelos monstros.

— A gente precisa sair daqui, Maikon não tá bem! — gritava Talitta, ajoelhada ao lado do noivo.

— E eu? Como eu tô? Vocês em algum momento perguntaram o que eu queria? Perguntaram se eu tava de acordo com esse plano suicida de salvar a sua vovozinha? Foda-se o que eu penso, né? Afinal, quem sou eu? Não sou famoso, não sou influencer, sou só um jovem qualquer que vocês usaram e iam descartar.

— Claro que não, eu te amo, Gabriel! — declarou Péu. — Eu te amo!

— Ama porra nenhuma! Você ia me deixar agonizando no banco desse carro sem o meu remédio! Você gosta do que eu tenho pra te oferecer, você gosta do meu corpo, do meu rabo com gostinho de hortelã. Você ama a minha juventude e não a mim. Isso ficou bem claro nos últimos dias.

Caído na calçada, Maikon estrebuchava. Mari ajoelhou ao lado de Talitta e analisou o corpo do jogador.

— Chefinha — gaguejou Mari. — Olha.

O mundo girou frente aos olhos de Talitta. O calcanhar de Maikon estava mordido. A ferida já estava alaranjada e purulenta. Muito provavelmente um dos vermes já havia penetrado. Maikon estava contaminado.

Péu se aproximou do namorado, as testas quase se encostaram. A faca na mão de Gabs encostou no peito dele, mas Péu mesmo assim se aproximou. A lâmina atravessou o tecido da blusa e o jornalista sentiu o toque gelado do metal na pele.

— Se afasta. Eu não tô brincando.

— A gente veio junto até aqui. Por quê? Por que agora?

— Eu cansei, Pedro! Cansei! Vocês estão indo para um lugar que nem tá mais recebendo refugiados só porque sua excelência a Garota Bumbum ordenou! Eu não vou deixar vocês me arrastarem para a morte, meus pais estão me esperando em Minas Gerais. Eu vou ficar com eles.

Péu deu dois passos à frente, pressionando ainda mais a ponta da faca contra o peito. Sua camiseta foi tingida pelo vermelho do sangue. A faca tremeu na mão de Gabriel.

— Para com isso. Se afasta! Eu não quero te machucar.

O som dos grunhidos bestiais dos zumbis chamou a atenção deles. Gabriel olhou para o alto, em choque.

— Mentira que agora eles fazem isso? Bem, boa sorte pra quem fica!

Agarrados à parede do shopping como trepadeiras e velozes como aranhas, as criaturas desciam do shopping pelas paredes. Pareciam versões mortas e mofadas do Homem-aranha.

Talitta e Mari seguiam ajoelhadas ao lado do corpo de Maikon. Talitta acertava um tapa atrás do outro na cara do jogador, implorando para que ele acordasse.

Gabriel deu um empurrão em Péu, entrou no carro, acelerou o veículo e partiu.

Péu assistiu ao carro avançar. Por alguns segundos, ele só ficou parado, incapaz de racionalizar a traição que acabara de acontecer. Atrás dele, os gritos de Talitta para que Maikon acordasse soavam abafados, distantes.

Então ele foi tomado pela fúria, como alguém que demora alguns segundos para sentir a dor de um tapa, tamanho o choque. Péu fizera de tudo por Gabriel, colocara sua vida em risco inúmeras vezes pelo namorado. Para quê? Para ser abandonado e traído quando mais precisava?

Péu correu. Ele correu atrás de Gabriel até perder o carro de vista, até suas coxas queimarem e o suor se confundir com as lágrimas. Então abaixou, exausto, colocou as mãos sobre a cabeça e, enrodilhado no meio do asfaltou, gritou.

Enquanto isso, Talitta continuava sacudindo o corpo inerte de Maikon. O jogador acordou, mas o branco de seus olhos já começava a ser tingido pelo laranja-néon.

— Não, não, resiste, Maikon, luta contra isso. Você consegue, você é meu malvadão! Por favor!

Os zumbis que rastejavam pelos muros do shopping estavam próximos e lançavam-se ao chão, eventualmente perdendo algum membro com a queda. Ao tocar os pés no solo, se perdiam pelas ruas de Botafogo, caçando os membros fugitivos.

Maikon abriu a boca, buscando a própria voz. Ele sussurrou algo, mas Talitta não ouviu. Ele repetiu, e ela seguia sem escutar. Talitta lentamente se aproximou de sua boca, seu ouvido colado nos lábios do noivo. Só assim ela escutou as últimas palavras do seu primeiro amor:

— Me desculpa. Eu te amo.

Maikon, do Volta Redonda, deu seu último suspiro. A voz morreu, os olhos foram inteiramente tomados pelo laranja-néon e o corpo estalou no chão em um espasmo macabro, como se os ossos fossem retirados e colocados no lugar em uma fração de segundo. Ele então escancarou a boca e urrou como as criaturas ao redor.

Maikon havia se transformado em um zumbi.

Talitta se afastou, e Maikon cambaleou em sua direção. Com os olhos embaçados pelas lágrimas, ela tentava afastar o noivo com chutes.

Para a sorte da funkeira, a atenção do Maikon zumbi foi tomada pelo cheiro de sangue de um homem que começava a ser devorado por outros, alguns metros atrás. Faminto após a transformação, ele uivou e abandonou os alvos móveis, dedicando-se a se banquetear com a carne humana da vítima já abatida.

Enquanto corria sem rumo tentando fugir das criaturas que vinham por todos os lados, Talitta olhou para trás a tempo de ver Maikon lambuzado pelo sangue humano, uma imagem grotesca que ela jamais esqueceria.

— Talitta, Mari! Aqui!

Sobre um patinete elétrico, Péu acenava do outro lado da rua. Mari e Talitta foram ao encontro dele.

— Se os zumbis da Faria Lima conseguem usar isso, a gente também dá conta!

Os três se espremeram sobre o patinete verde, fugindo daquele pedaço de inferno em que se transformara a Praia de Botafogo. Eles usavam as pernas para se impulsionarem, avançando com mais rapidez, patinando com toda a força que lhes restava.

Talitta segurou a aliança da avó, pendurada em seu pescoço.

Eles não tinham mais carro e seria impossível chegar a Niterói de patinete a tempo de encontrar a avó antes da transferência dos refugiados. Gabriel os tinha abandonado e sumido do mapa com toda a medicação que ela levaria para a avó, e Maikon se transformou em um zumbi. O noivo morreu por conta de sua teimosia e arrogância.

Tudo estava perdido.

Te dou parabéns quando paro a bunda

Não andaram nem dois quilômetros e a luz indicadora de bateria do patinete passou de verde para amarelo. Alguns metros depois, o sinalizador piscou no vermelho, e após poucos momentos finalmente parou. Péu, Mari e Talitta desceram, exaustos. As panturrilhas latejavam e o calor fazia o trio suar e ter sede, ninguém mais aguentava aquilo. Sem falar uma palavra, os três até pensaram se não seria menos sofrido ter virado zumbi de uma vez e pronto. Pensaram de novo e a resposta era não. Era melhor poder continuar pensando.

— Daqui já dá pra ver a ponte! — apontava Talitta, obstinada.

De fato, a grande ponte Rio-Niterói que os levaria até a segurança da Ilha de Mocanguê se erguia no horizonte, mas, ainda assim, era um horizonte distante.

— A gente pode pegar outro carro?

Mari olhava em volta os muitos carros abandonados, mas não adiantaria muito. As vias principais estavam bloqueadas.

— Talvez uma moto?

— Vocês sabem pilotar? Porque eu não sei. — A traição de Gabs tinha deixado Péu mais azedo e pragmático.

Essa face de Péu não combinava com um aquariano. Talitta pegou-se pensando nisso e tentando se lembrar qual era o ascendente do amigo.

— Que dia é hoje?

— Eu já perdi ideia das datas. — Mari já falava de uma maneira arrastada de cansaço.

— Dezesseis de fevereiro — Péu respondeu sem nem pensar duas vezes.

A pronta resposta de Péu acendeu uma luz na cabeça de Talitta. Em um estalo ela lembrou-se da infância, dos momentos juntos do amigo, da felicidade que unia os dois. Todo o afeto terminou em um dia 16 de fevereiro, um pouquinho antes do carnaval. Ela lembrava-se bem disso. E lembrava também do motivo.

Talitta sorriu com as estranhas memórias e peças que sua mente pregava, mas aceitou. Deu uma olhada do outro lado da calçada e viu a vitrine de uma confeitaria relativamente intacta. Zumbis não gostam de doces, ela pensou, que vida triste a dos mortos-vivos.

— Vamos ali beber uma água. — Talitta apontou para a confeitaria e seguiu. Péu e Mari foram atrás, sem forças para contrariá-la.

O trio atravessou o vidro quebrado e encontrou o balcão ainda intacto. Doces, salgados passados e algum sangue seco, nada que já não estivessem acostumados a essa altura.

Péu pegou um guardanapo, limpou o sangue do puxador da geladeira e abriu. Pegou garrafas de água e sentou-se numa cadeira plástica. Mari também relaxou, mas Talitta parecia inquieta, movendo-se de um lado para o outro atrás do balcão.

Péu e Mari não quiseram perguntar. Péu por estar com os pensamentos perdidos. A luta por um emprego que detestava, a humilhação e a traição de Gabs... nada mais fazia sentido. Depois de mais um gole de água, prometeu para si mesmo que, caso saísse daquela intacto, nunca mais faria nada que não quisesse. Mais um gole de água e a voz do pessimismo soou em sua mente. Primeiro falando que ele não sairia daquela. Na melhor das hipóteses chegaria a uma base militar, e daí? Provavelmente ela também seria infectada e ele terminaria como zumbi. Era o fim da raça humana, ponto. O lado bom é que, sendo assim, podia fazer promessas sem medo de não cumpri-las.

Mari era mais prática. Depois da água, abriu uma lata de refrigerante quente e atacou duas coxinhas gordurosas e velhas. Às favas com a dieta, vou é aproveitar a minha coxinha grátis, pensou a ex-assistente que até então se privava de glúten.

— Parabéns pra você nessa data querida... — A música em ritmo de funk era cantada por Talitta, que surgiu de trás do balcão com uma bela torta de morango e creme, sem nenhuma mancha de sangue. No topo dela, uma vela daquelas faiscantes.

Mari não entendeu nada, mas Péu logo deixou cair uma lágrima. Ele lembrou do dia em que a amizade entre ele e Talitta se rompeu: o dia em que ela esqueceu o aniversário dele por estar totalmente focada em seu primeiro show. Péu sempre levou seu aniversário muito a sério. Suas festas eram conhecidas pelos amigos, ele fazia questão de ter todos a sua volta. Dia 16 de fevereiro era o único dia do ano em que

Péu sentia-se o centro das atenções, o único dia do ano em que ele realmente era a estrela e não uma espécie de porta-voz da vida dos outros como em todos os demais 364 dias.

Aquela foi a gota d'água de uma série de negligências de Talitta que, desde que estourou no mundo da música, só aparecia para pedir favores, como solicitar que Péu emitisse notinhas estratégicas e divulgações disfarçadas de notícias no jornal onde ele trabalhava. Quando Péu terminou com o ex? Talitta estava ocupada. Quando Péu foi internado para tirar o apêndice? Talitta estava ocupada. Quando Péu lançou sua biografia não autorizada sobre a vida de outra cantora? Talitta estava ocupada. Ignorar completamente o seu aniversário foi o golpe de misericórdia naquela amizade capenga.

Mas treze anos atrás, no seu aniversário de quinze anos, ele não foi o centro das atenções. Todos os seus amigos estavam ouvindo o hit da nova MC Talitta. O palco foi armado a poucos metros de sua casa, em um baile funk que rolava no clube do bairro. Todos os seus amigos foram aplaudir Talitta, e Péu ficou sozinho. Quer dizer, seus pais cantaram parabéns para ele, mas logo depois também foram para o show da Talittinha, como disseram. Contudo, Péu não falaria mal dos pais, eles morreram antes do apocalipse zumbi e ele queria manter a boa memória em sua mente. Desde então, começou a ignorar os pedidos da amiga e as outrora notinhas positivas elogiando a carreira da Garota Bumbum foram ganhando tons cada vez mais ácidos. Péu mandava indireta de um lado, Talitta do outro. Quando deram por si, os dois eram praticamente inimigos públicos.

— Pro Péu é tudo ou nada? Tudo! — Talitta e Mari gritavam juntas, sorrindo para Péu, que a essa altura estava aos prantos.

— Péu, meu amigo querido, me desculpa por esquecer seu aniversário. Me perdoa pela amiga que eu fui. Agora, no meio da zumbizada, eu quero ser uma amiga melhor. A melhor amiga que eu puder ser.

— Vai ser fácil, não tem muita concorrência. — A piada de Mari foi sem noção? Foi, mas eles até deram uma risada.

Péu apagou as velinhas brilhantes e os três se lambuzaram com bolo, brigadeiro e se divertiram. Se tudo estava perdido, poderiam se dar ao luxo de celebrar a humanidade que ainda restava em cada um deles. O sol baixou e um vento bom vinha do mar.

Talitta ficou por algum tempo observando a distante ponte Rio-Niterói. Por mais que parecesse impossível, ela ainda queria chegar lá e ver a sua avó, pelo menos sentir o cheiro daquela velhinha antes do último suspiro. Segurou a aliança em seu pescoço. Dessa vez pensou em Maikon e uma lágrima escorreu pelo rosto suado.

— A gente pode pelo menos tentar chegar até lá, não pode?

— A gente pode tentar amanhã? Hoje não aguento dar nem mais um passo. — disse Mari, deitada com o corpo torto utilizando três cadeiras como base e cercada de restos de salgados, bolo e marcas de brigadeiro na camisa.

— Já vai escurecer, Talitta. A gente fecha a porta de aço aí fora e fica aqui por enquanto. Vai ser melhor.

— Mas eles vão evacuar a ilha.

— Ainda faltam algumas horas e a gente nem sabe se essa rádio realmente tá falando a verdade. De qualquer forma, você não vai conseguir encontrar a sua avó se você estiver morta, e mesmo se mudarem ela de base, você vai encontrá-la logo, eu tenho fé.

A voz sensata de Péu fez Talitta concordar. Mesmo que saíssem naquele momento, teriam de caminhar por pelo menos mais quatro horas noite adentro. Se caminhar pela madrugada no Rio de Janeiro pré-pandemia zumbi já era tarefa para herói, naquele momento equivaleria a correr para os braços da morte. Dificilmente não seriam atacados, e, exaustos do jeito que estavam, não seria possível nem começar a resistir.

Fecharam a porta de aço. Do outro lado da larga avenida, Péu avistou um pequeno grupo de mortos-vivos que perambulava por ali. Não sentiu medo, sabia que eles não os atacariam àquela distância. Só se perguntou por quanto tempo essas criaturas sobreviveriam até começarem a devorar umas às outras. Esses vermes viveriam como hospedeiros nesses cadáveres por muito tempo? Pensou na possibilidade de ficar escondido na confeitaria por um ou dois meses e, depois disso, sair e encontrar um mundo de humanos mortos. Até pensou em Gabs, pensou se o perdoaria ou se o mataria, caso sobrevivesse. O mataria, concluiu.

— Olha o que eu achei aqui!

O grito de Mari interrompeu os pensamentos de Péu. Ele voltou para dentro da loja e lá estava Mari, triunfante, segurando um baseado.

— Onde tu encontrou isso?

— Tava na gaveta da gerência.

Talitta pegou o pequeno troféu e acendeu, usando um isqueiro que estava junto. Eles deram tragadas e começaram a relaxar.

— Canta pra gente, Talitta? — Péu gostava de ouvir a voz da amiga.

Talitta se empertigou na cadeira e cantou com a voz potente uma música que a avó cantava ouvindo o radinho: "Adeus, solidão", da pérola negra do sertanejo Carmen Silva. Os versos saíam junto de algumas lágrimas.

— Eu nunca mais quero lembrar / Daquilo que passou / Sei que este amor irá fazer / De tudo em mim esquecer.

Eles riam e choravam juntos, ouvindo aquela música antiga que só Talitta conhecia, graças à sua infância agarrada na barra da saia de Dona Lu.

A música acabou, e Péu e Mari aplaudiram.

— Liga o rádio. Quero ouvir alguma coisa.

Talitta apontou para um velho rádio largado no canto da loja. Péu foi até lá, girou o botão com pouca esperança mas, por mais incrível que parecesse, o rádio ainda tinha pilha e funcionou. Eles ficaram por um bom tempo rodando o botão, buscando alguma coisa que não fosse ruído, até encontrarem uma estação de notícias, a mesma que outrora os havia avisado sobre a superlotação da Ilha de Mocanguê.

A voz desesperada de uma locutora caiu como uma bigorna no feliz torpor causado pela maconha e pelo açúcar no corpo de Talitta. Ela anunciava que estava dentro da base militar do Mocanguê e que, apesar dos muitos esforços, eles estavam ficando sem munição enquanto centenas de milhares de zumbis tentavam a todo custo entrar e saborear o banquete dos que ainda se abrigavam lá dentro. A evacuação fora suspensa, eles haviam sido abandonados para a morte.

Em um sobressalto, Talitta retomou sua postura objetiva.

— Eu vou salvar minha avó, quem tá comigo?

Adeus

Apesar do horário e cansaço extremo, tanto Péu quanto Mari aceitaram o chamado de Talitta. O sol já estava baixo no horizonte quando eles começaram a caminhar — em menos de duas horas seria noite.

Enquanto havia luz do sol não era difícil antecipar os grupos de mortos-vivos e se esconder — depois de enchentes, explosões, seitas em shoppings e fugas em patinetes elétricos, eles estavam começando a ficar bons nisso. As criaturas não eram lentas nem completamente estúpidas, como nos filmes, mas estavam longe de terem a percepção humana.

Quando passaram em frente à Marina da Glória, Mari deu a ideia de irem de barco — se aqueles babacas do Beach Lounge conseguiram fugir daquele jeito, eles também conseguiriam. Péu e Talitta gostaram do plano, por mais que ninguém ali tivesse a mínima ideia de como ligar uma lancha. Mas se aprenderam a lidar com zumbis, podiam aprender qualquer coisa. Foi assim que desviaram um pouco da rota, e se depararam com um mar de zumbis que infestava os barcos e empesteavam a Marina com sua pútrida presença, muitos deles olhando em direção ao mar. Talitta se lembrou da imagem dos seguranças se transformando nas lanchas após escaparem do Barra Beach Lounge, vítimas daqueles vermes malditos.

— Nada de lancha — decretou a funkeira

Eles continuaram a jornada. Escondidos em um ponto mais elevado e distante, notaram que muitos dos mortos-vivos se aglomeravam nas lanchas e remavam com o auxílio das próprias mãos, indo na direção da ilha do outro lado da baía. A Ilha de Mocanguê era o único ponto iluminado, era até possível ouvir os tiros distantes e alguns clarões. Talitta ficou ainda mais nervosa com a visão de barcos e mais barcos abarrotados de zumbis se pendurando uns nos outros e remando como podiam na direção de onde estava a sua avó.

Péu chegou à conclusão de que não havia muito mais alimento para eles na cidade, era de se esperar que procurassem uma ilha cheia de humanos frescos e com sangue quentinho correndo nas veias. Mari pediu perdão pela ideia estúpida de sequestrar uma lancha e navegar pela Baía de Guanabara, mas nem Péu nem Talitta a culparam, era difícil imaginar o que estava acontecendo, cada esquina carregava consigo uma surpresa.

Com cuidado, retomaram o caminho que margeava o mar, aproveitando a atenção que os mortos-vivos davam à distante ilha, e retomaram o caminho da ponte, que parecia agora um objetivo mais realista.

Nenhum dos três nunca havia subido a pé a rampa de acesso, e logo perceberam que esse era um desafio e tanto. Com as pernas pesadas, era difícil vencer a inclinação. Mari vomitou o que tinha comido e já dava sinais de cansaço. Péu não estava em condições muito melhores, e se arrastava, todo o peso da jornada ali se fazia sentir a cada novo passo.

Mas tudo caiu por terra quando, vencendo a rampa de acesso, os três se depararam com milhares de zumbis que caminhavam por entre os carros, todos seguindo juntos na mesma direção: a Ilha de Mocanguê. A ponte Rio-Niterói estava inteiramente coberta pelas criaturas.

— Chega, Talitta, a gente não vai conseguir — declarou Péu.

— Claro que vamos, a gente faz como no estacionamento do prédio do Maikon, vai pro chão e se arrasta por entre os carros, assim eles não vão ver a gente. É só tomar cuidado pra não fazer barulho ou sangrar.

— Viu, muitas variáveis! Não, a gente não vai! Você, eu e Mari ficamos bem aqui, abrigados e escondidos, pelo menos até amanhecer! Seguros e cuidando uns dos outros.

Os dois olharam ao mesmo tempo para Mari, esperando que ela tomasse uma decisão e desse o voto de minerva sobre o impasse.

— Talitta, amiga. A gente vai chegar lá e fazer o quê? Com todos esses comedores de cérebro em volta, a gente nem vai conseguir entrar. A gente nem sabe se eles tão...

— Claro que a gente vai entrar! Eu vou ver a minha avó antes de eu morrer, eu preciso! Eu sei que ela tá viva, ela tem que estar viva!

Péu e Mari olharam juntos para a ponte. Por entre os incontáveis carros que abarrotavam a via, os monstros caminhavam sem cerimônia.

— Talitta, eu vou ficar bem aqui, dentro desse carro, no mais completo silêncio, esperando isso passar.

— Isso não vai passar! Olha por tudo que a gente passou! Só tem morto neste Rio de Janeiro e quem não tá morto perdeu qualquer resquício de sanidade! Área VIP, seita, olha o que tá acontecendo, Péu! Acabou, tudo acabou! Eu só quero ver a minha vozinha antes de morrer.

— Então vai lá e vê!

— É isso, Péu? Você vai me deixar sozinha nessa? Achei que a gente se amava de novo.

Péu olhou fundo nos olhos de Talitta.

— Eu te amo, Talitta, e por isso quero que você fique aqui, segura. Mas eu não vou te obrigar. Eu te amo tanto que vou deixar você fazer o que seu coração mandar, por mais estúpido que isso seja.

Os dois se olharam em silêncio.

— Ele tem razão, amiga. É melhor ficar.

— Eu não posso.

— O que a Dona Lu mandaria você fazer, Talitta? — Péu esperou a resposta sincera da amiga.

— Ficar. Ela mandaria eu ficar. Mas eu não obedeceria.

Talitta deu um abraço forte em Péu e Mari. Os três se abraçaram, cientes de que muito provavelmente aquela seria a última vez.

— Eu quero ir embora bem. Não quero morrer brigada com vocês.

Péu e Mari choravam, mas Talitta estava determinada.

— Fica, por favor.

— Fica, Talitta. A gente vai cuidar um do outro. Perdemos nossas casas, nossas vidas, nossos amores...

Talitta apertou a aliança da avó na correntinha.

— Eu preciso ver a minha velhinha. Quero fazer isso antes de ir embora deste mundo, antes de virar um deles.

Péu e Mari concordaram. Ambos sabiam que certas decisões não são tomadas de maneira racional, é o coração pensando. E, de qualquer forma, à beira da morte toda decisão é correta.

— Talitta, obrigado por ser minha amiga. Muito do que eu sou, muito do que eu gosto em mim foi você que me deu, que me ensinou. Obrigado. Eu amo você.

— Obrigado, Péu, por ser meu amigo. Você me ensinou, nos bons e nos maus momentos, o que vale de verdade neste mundo. E não é a fama, ou o dinheiro, ou os contatinhos. É esse cuidado que você teve comigo e que eu nem sempre tive contigo.

Talitta se voltou pra Mari:

— Amiga, cuida dele, por favor, e, pelo amor de Deus, não se mete em outra seita! Se cuida, você é uma joia. Eu não teria construído a Garota Bumbum sem você, mesmo você errando minha agenda toda semana.

— Me diz que eu vou te ver de novo. Me promete.

— Eu não sei. Mas agora eu sei que não tinha ninguém melhor do que vocês para compartilhar um apocalipse zumbi; só queria que o Maikon ainda estivesse aqui.

Mari tirou do bolso a última guimba de maconha e o isqueiro. Acendeu. Cada um deu um trago, sorriram entre as lágrimas e assim se despediram. Talitta respirou fundo, se deitou no chão e começou a se arrastar embaixo dos carros, sumindo da vista dos amigos. Péu e Mari entraram no maior carro que encontraram, um SUV blindado, deitaram os bancos e ficaram ali, quietos, sentido o resto do choro no rosto e vendo a noite chegar sobre a Baía de Guanabara.

Engarrafamento Zumbi

O avanço de Talitta era lento e frustrante. A cada movimento, o asfalto a arranhava. O cheiro putrefato dos zumbis a sua volta lhe causava ânsia de vômito e vez por outra ela tinha de parar e ficar observando, atenta, os pés ensanguentados e mutilados da horda de zumbis que caminhava pelos corredores da ponte, então esperava por uma brecha e seguia se arrastando no chão por entre os carros. Mas o maior motivo de angústia era não saber o quanto tinha avançado. Por vezes tinha o pensamento otimista, achando que estava na metade do caminho. Mas logo a marcação na lateral da rodovia a trazia à realidade: não tinha avançado nem duzentos metros em uma jornada com mais de treze mil metros.

Escondido no carro blindado, Péu e Mari não conseguiam dormir. Ela esticou o braço e o colocou sobre o peito dele — um gesto que Péu estranhou, mas deixou. O braço de Mari estava quente, e o calor era gostoso. Já tinha se acostumado com o passar esporádico de alguns mortos-vivos lá fora. Nenhum deles passou próximo ao carro, mas a película escura do vidro os protegia, e o fato de não haver neles nenhum traço de sangue lhes dava ainda mais segurança.

Já Talitta, exausta e com a pele esfolada pela travessia, parou para descansar. Naquele ritmo ela só chegaria na metade da ponte no dia seguinte; mas não podia desistir. À sua volta, mais e mais zumbis caminhavam sem rumo pela ponte, à procura de uma refeição quente, os vermes ansiosos para adentrarem em novos hospedeiros.

Um verme laranja caiu à sua frente, e, com raiva, ela o esmagou com o próprio punho. A gosma esverdeada se prendeu à sua mão e, mesmo com nojo, ela esfregava a pele no asfalto. No entanto, um pequeno ponto de luz na pista do outro lado chamou sua atenção — no vidro de um dos carros um leve brilho azulado se movia, e Talitta ficou olhando, curiosa com aquele movimento. Foi quando, no vidro do carro, os olhos castanhos de uma criança foram revelados pelo brilho. Talitta piscou, aguçou a atenção e teve certeza. Era realmente uma criança, e não tinha os olhos néon: ainda era humana.

Talitta não ousou se mover, pelo contrário, continuou observando o carro que parecia ter a criança em seu interior. Logo o brilho veio à tona novamente e Talitta conseguiu perceber outra silhueta dentro do veículo, parecia uma mulher. As duas pessoas estavam encolhidas nos bancos traseiros, deitadas. A mulher batalhava para manter a criança quieta, e foi possível vê-la puxando a pequena luz da mão do menino e a apagando momentos antes de um dos mortos-vivos passar rente ao vidro por onde emanava o brilho.

Talitta engoliu em seco. Não sabia se tentava contato com os sobreviventes do carro ou apenas seguia seu caminho. A verdade é que ela não podia fazer muita coisa por aquelas pessoas: a própria Talitta estava decidida a ir ao encontro da morte certa na busca do seu objetivo de reencontrar a avó. Ela olhou para a frente e viu o mar de pernas mortas dos zumbis ocupando a ponte já infestada.

Ela respirou fundo, acalmando as batidas intensas do seu coração e voltou a cuidadosamente se arrastar pelo asfalto, por debaixo dos carros abandonados, rumo à Ilha do Mocanguê que ainda estava distante, próxima ao fim da ponte. Talitta sabia que qualquer corte em sua pele ali, qualquer sinal de sangue, poderia chamar a atenção das criaturas. Mas assim que alcançou o carro da frente, se virou, notando que o pequeno brilho azul estava voltado para ela. Da janela do carro a criança a observava, iluminando o asfalto com sua lanterninha. Talitta gelou: se os mortos a notassem ali, era o seu fim. Ela tentou se arrastar mais rápido, mas se deteve quando viu surgir um zumbi alto e magro segurando com dificuldade um extintor de incêndio, pronto para estilhaçar o vidro do carro onde a família se abrigava.

Enquanto isso, metros atrás de Talitta e protegidos dentro do SUV, Mari finalmente ressonava e Péu, sofrendo com a tensão e ansiedade, fazia o maior esforço possível para não beliscar a sua própria perna. Apesar do conforto inicial com o afeto de Mari, a agonia agora o tomava por inteiro. A preocupação com Talitta sozinha no meio daquela ponte, o ódio pela traição de Gabriel, o choque com a morte de Maikon...

Um grito agudo ecoou por toda a ponte.

— Talitta! — Péu berrou, despertando Mari de seu sono profundo. Assustada com o acordar súbito, Mari gritou para que não a matassem, assustada com o pesadelo até perceber que ainda estava segura dentro do carro.

O som viera de algum lugar mais a frente. A mulher com a criança no carro gritava, mas era tarde demais: logo a turba de mortos-vivos se apossou do veículo. Deitada no asfalto, Talitta presenciou centenas de monstros estraçalharem os corpos indefesos da criança e da mãe. Os zumbis se fartaram da carne e rapidamente os vermes laranja tomaram conta do veículo. Em minutos, ensanguentados e despedaçados, a criança e a mulher deixaram o veículo com os olhos no característico tom laranja-néon.

Mesmo chocada com a cena, Talitta percebeu algo estranho. O trio, bem como os zumbis que estavam em volta, não se encaminhavam mais em direção à ilha, estavam voltando para a entrada da ponte, voltando na direção de Mari e Péu.

Trio elétrico

O grito de Péu e Mari chamou a atenção dos monstros, e logo o SUV onde se protegiam estava cercado por zumbis famintos. Para a sorte da dupla, a blindagem do carro estava resistindo aos ataques, mas eles sabiam que, ao contrário dos zumbis, eles não tinham a eternidade para ficarem abrigados ali dentro.

— Liga o carro, vamos sair daqui! — dizia Mari, com os olhos arregalados, enquanto via uma mulher zumbi espatifar a cabeça de um homem contra o vidro do carro como se fosse um aríete.

Em questão de segundos, a lataria do carro não passava de uma mistura de sangue, cérebro e vermes néon.

— Não tem pra onde ir. Tá tudo engarrafado, é impossível dirigir por essa ponte!

— Dá um jeito. Tem ideia melhor?

Mas Péu não tinha. Ele girou a chave uma, duas, três vezes e ouviu apenas um estalo seco.

— Tá sem bateria. Não vai ligar.

Enquanto isso, mais à frente, o entorno de Talitta estava praticamente vazio. Parte dos zumbis tomava o caminho da ilha enquanto outra parte se aglomerava em um ponto no início da ponte, o ponto exato onde ela havia deixado Péu e Mari. O coração de Talitta estava tão partido quanto a marcha dos mortos-vivos. Perdera Maikon, as chances de sua avó estar viva pareciam cada vez menores e agora tinha certeza de que a morte batia na porta do amigo e da assistente.

Ela se colocou de pé e escalou a lataria de um carro próximo para ter uma visão mais ampla do que estava acontecendo. Seu coração acelerou: os zumbis se aglomeravam ao redor de um único veículo, mas não se davam por satisfeitos, aparentemente ainda não tinham conseguido invadir. Talitta foi tomada por uma onda de esperança — ela sabia que ali, no meio daquele enxame, seus verdadeiros amigos lutavam pela vida. Ela tinha que fazer uma escolha, aproveitar o caminho subitamente livre à sua frente e chegar logo na Ilha do Mocanguê ou dar a volta e encarar as dezenas de zumbis que tentavam devorar os seus amigos.

Talitta correu na direção dos amigos.

Foi então que ela viu na outra pista uma viatura da polícia e não pensou, só deixou seu corpo agir e, quando deu por si, estava correndo em direção à viatura. Ela vasculhou o veículo e pegou um fuzil ensanguentado esquecido no banco da frente. Olhou para a arma com estranhamento, o objeto era mais pesado do que parecia e Talitta não fazia ideia de como usar aquilo. Talvez só apontar e apertar o gatilho bastasse, igual nos filmes? Ela se abraçou à arma, olhou em volta e notou um imenso trio elétrico virado na direção onde estavam Péu e Mari. *Imenso o suficiente para arrastar aqueles carros*, Talitta pensou.

Encolhidos dentro do carro, Péu e Mari se abraçavam enquanto as criaturas batiam nos vidros com o auxílio de pedaços de madeira, martelos, chaves de roda, extintores de incêndio, pernas, cabeças e o que mais tinham à mão. Logo o vidro do teto solar, o mais frágil de todos, começou a rachar.

Um morto-vivo mais afoito colocou a mão na rachadura e, apesar do corte, forçou o pulso por ali até invadir o interior do carro. Mari segurou a mão dele e a balançou violentamente de um lado para o outro, fazendo com que se rompesse e caísse dentro do carro, liberando dezenas dos pequenos vermes. Os dois esmagaram as criaturas antes que elas encontrassem algum orifício que lhes possibilitasse transformá-los em hospedeiros.

Já Talitta tentava desvendar como fazer o diabo daquele trio elétrico funcionar. Ela olhou para o painel do enorme caminhão, virou a chave e demorou a perceber que, para dar partida, bastava pressionar um botão. Mas finalmente entendeu, e o ronco do motor a diesel a fez sorrir. Encontrou o símbolo do freio de mão, o liberou e engatou a primeira marcha. Talitta pisou fundo no acelerador, soltando a embreagem. Em um salto, a enorme máquina liberou o torque e abriu caminho, empurrando os carros menores para a lateral da ponte e fazendo alguns caírem no mar. Talitta gritava, eufórica, trêmula pela adrenalina, enquanto avançava na direção do enxame de zumbis à frente.

Mari e Péu estavam encurralados. Dezenas de mãos encontravam caminho pelo teto solar da SUV e rachaduras surgiram nos vidros tanto da frente quanto da lateral. Eles se encolhiam, fugindo do toque dos mortos e matando qualquer verme que caía dentro do carro.

Até que o teto solar cedeu. Os dois se abraçaram, sentindo o toque gelado de dezenas de mortos-vivos famintos em várias partes de seus corpos. Era o fim, e, para a surpresa de ambos, o fim tinha um som de buzina e uma luz forte. O fim tinha um grito agudo como o grito da...

— Talitta! — os dois disseram em uníssono antes de um grande impacto lançar dezenas dos zumbis para fora do carro. Encolhidos no banco, Mari e Péu se debateram, sem entender o que estava acontecendo lá fora. Algo havia colidido no carro deles.

Talitta acendeu o farol alto e conferiu se a pancada que deu com o caminhão na frente do carro foi o suficiente para tirar os zumbis dali. Ela buzinava e gritava, até que viu os rostos de Péu e Mari surgirem no carro à frente. Para seu alívio, os olhos dos dois ainda estavam com a tonalidade castanha.

Mas ainda havia perigo. Mais resilientes que os fãs da Rihanna esperando por um álbum novo, a turba de mortos-vivos se reorganizou para voltar a invadir o carro. Pensando rápido, Talitta viu o vidro quebrado do caminhão e se lembrou do que Gabs fizera no mercado, como atraiu a atenção do zumbi tentando devorá-la.

Talitta fechou os olhos, mordeu os lábios secos e passou a palma da mão na superfície afiada. O sangue escorreu, fazendo com que todos os mortos-vivos imediatamente virassem em sua direção, liberando o espaço ao redor do carro para a fuga de Péu e Mari.

— Vocês dois vêm ou não? — disse Talitta enquanto pegava a arma e subia, por dentro da boleia, no palco do caminhão, deixando que seu rastro de sangue guiasse os mortos. Péu e Mari superaram a surpresa inicial e, aproveitando a hipnose que o sangue de Talitta causava nos zumbis, saíram do carro e foram na direção do trio elétrico.

As criaturas tentavam subir pelas laterais do caminhão. Péu e Mari se arrastaram por entre os mortos, conseguiram chegar até a escada da boleia. Com dificuldade, os dois subiram até o topo do trio, onde estava Talitta.

— Amiga, você voltou! Você salvou a gente!

— Ainda não, mas vou salvar.

Péu e Mari arregalaram os olhos quando Talitta se virou para eles com a arma em punho. Os dois se abaixaram e ela apontou para baixo, para a turba de zumbis. Talitta apertou o gatilho. Nada aconteceu.

— Essa merda não funciona.

— Puxa o ferrolho!

— Puxar o quê?

— Essa porra aí em cima, puxa!

Péu apontou para a alavanca que destravava o ferrolho. Talitta puxou e, com uma chicotada, a alavanca destravou a arma.

— Agora vai!

Talitta apontou a arma para os zumbis e apertou com força. O recuo da arma no ombro era mais forte do que ela esperava, fazendo com que seus olhos fechassem com a pressão. Mari e Péu se jogaram no chão do trio e esperaram enquanto Talitta disparou, de uma só vez, os trinta tiros do pente, até ouvir o *click*.

Talitta abriu os olhos. Nada mudou, parecia que não havia acertado um morto-vivo sequer.

— Essas merdas de armas só funcionam com quem não presta!

Emocionados, os três se abraçaram, estavam juntos de novo, e as poucas horas em que estiveram separados pareciam uma eternidade. Enquanto isso, lá embaixo, os mortos-vivos começaram a empurrar as laterais do caminhão, eufóricos com o cheiro do sangue de Talitta.

ÁGUA MINERAL

O trio elétrico balançou de um lado para o outro, e de repente o gigantesco caminhão de som estava prestes a virar. Talitta, Péu e Mari afastaram-se do abraço e correram até a lateral do veículo.

— Puta que pariu.

A mão de Talitta se fechou ao redor do punho de Péu. Seu peito ainda doía pela tensão dos últimos momentos, mas contraiu-se mais uma vez com o desespero. Tinha enfrentado hordas e mais hordas de zumbis até chegar ali, mas nada se comparava àquilo. Era impossível ver a aparelhagem de som do trio elétrico — na verdade, era impossível ver o próprio trio elétrico, porque por toda a sua extensão o veículo estava coberto por dezenas de mortos-vivos.

— Mari, assume o volante! — ordenou Talitta.

Passando para o assento do motorista pelo interior da boleia do trio elétrico, Mari obedeceu à chefe. Nunca antes dirigira um veículo daquele tamanho, mas, quando o assunto era Talitta, ela sempre dava conta de aprender fosse o que fosse de uma hora para a outra (com a exceção de criar um alarme para os compromissos na agenda).

Mas o cenário era crítico. Como formigas sobre o cadáver de uma barata, os mortos escalavam a lataria do trio elétrico, apinhavam-se uns sobre os outros, galgando em direção aos três últimos humanos na ponte Rio-Niterói. O cheiro doce do sangue fresco de Talitta eriçava-os ainda mais e eles urravam, emitindo aquele agouro grotesco e nauseante, estalando os lábios mofados e apodrecidos, salivando frente à perspectiva da primeira refeição quente, a primeira refeição viva, em muito tempo.

— Acelera, Mari! — gritou Talitta para a assistente no volante. — Eles estão subindo!

— Deixa comigo, chefinha!

Mari virou a chave, deu a partida e acelerou, mas o caminhão pouco se moveu. Por conta do peso extra das inúmeras criaturas, o trio elétrico avançava a poucos quilômetros por hora.

Usando a arma como um porrete, Talitta os afastava como podia. Com o cabo da metralhadora, ela golpeava as cabeças dos zumbis conforme aproximavam-se do topo. Péu disparava chutes e socos, correndo de um lado para o outro, tentando debilmente impedir a invasão.

No volante, Mari mordia os lábios com tanta força que chegaram a sangrar. Sua boca se enchia com tanta saliva que ela precisava engolir várias vezes. Ela sempre se considerou uma boa motorista, mas dirigir um trio elétrico em uma ponte abarrotada de carros quebrados e com centenas de mortos-vivos pendurados na parte traseira não era lá uma tarefa simples.

Mas a missão ficou ainda mais difícil quando viu a grande mancha que rapidamente se aproximava, um outro grande grupo de zumbis correndo ao encontro deles. Em poucos segundos eles iriam colidir.

Mari colocou a cabeça para fora da janela e gritou:

— Se segurem!

Ela pisou com tanta força que o acelerador chegou a raspar no chão. Péu e Talitta agarraram-se às grades do trio, e o impacto estava prestes a acontecer em três, dois, um...

O trio elétrico passou por cima da horda, mas não foi páreo para a quantidade homérica de zumbis. O caminhão girou na pista e colidiu contra a mureta da ponte. Com o impacto, Mari foi arremessada para a frente e bateu com a cabeça no volante, desmaiando.

Na traseira, Péu e Talitta voaram. Ela caiu no chão, próxima ao palco do trio elétrico, mas ele colidiu contra a mesa de som, estatelando-se inconsciente.

Bebeu água? Não! Tá com sede? Tô!

Com o impacto do corpo de Péu na aparelhagem de controle sonoro, o trio elétrico ganhou vida. As caixas de som foram ativadas e a música "Água mineral" explodiu nos alto-falantes.

Tudo ao redor parecia girar, mas Talitta conseguiu ficar de pé e cambaleou até o corpo de Péu, caído ao seu lado, desacordado com o impacto.

Olha, olha, olha a água mineral. Água mineral! Água mineral! Água mineral!

— Péu? Péu? — Talitta gritou, com o corpo do amigo no colo. — Você tá bem?

Mas não teve resposta. Gritou também por Mari, mas nada aconteceu. Talitta não sabia dizer se estavam vivos ou mortos. Com o caminhão completamente parado, os zumbis voltavam a escalar o veículo. Ela estava sozinha, com a cabeça de Péu no colo, o corpo de Mari caído no banco do motorista e aquela merda de música da água mineral tocando no volume máximo.

Do Candeal! Você vai ficar legal!
Olha, olha, olha a água mineral, água mineral.

O trio elétrico era uma fortaleza prestes a ser tomada. Talitta, Péu e Mari eram os últimos guerreiros resistindo à invasão, encurralados no meio do inimigo. Os uivos estavam mais próximos, e Talitta já podia sentir o odor do banheiro do Terminal Paulo da Portela emanando da garganta das criaturas.

Nos potentes alto-falantes, a música "Anunciação" começou, substituindo "Água mineral". Talitta não acreditou que morreria ao som daquele hino de frequentador da Praça São Salvador.

Ela segurou a aliança da avó pendurada em seu pescoço. Ao menos se despediria dela.

Talitta tirou o celular do bolso da calça. A tela estava quebrada, mas o aparelho ainda contava com 2% de bateria. Mesmo sem sinal, ela começou a digitar uma mensagem para Dona Lu, não podia morrer sem ao menos se despedir da avó, em que se desculpava por ter fracassado, por ter falhado na missão de protegê-la como tinha prometido e também lhe agradeceu por tudo, por tê-la criado, por ter-lhe dado um amor incondicional e por presenteá-la com toda a força necessária para Talitta ter se tornado a Garota Bumbum.

Ela enviou a mensagem. Talitta já podia ver a mão dos zumbis alcançando o topo do trio elétrico. Ela olhou novamente para a mensagem que acabara de escrever, as últimas palavras para sempre marcadas em sua mente: Garota Bumbum. Garota Bumbum. Garota Bumbum. Garota Bumbum. Garota Bumbum, a música, a persona que ela pensou ter mudado a sua vida, mas que, em meio ao fim do mundo, já não fazia diferença...

Ou será que fazia?

Foi quando Talitta se lembrou de uma coisa. Algo que poderia não ser nada, algo que passara batido, mas que, diante da morte, seria sua tentativa derradeira de sobrevivência. Afinal, não tinha mais nada a perder.

Os zumbis subiram no trio elétrico, dezenas de monstros invadiram ao mesmo tempo o caminhão e se precipitaram contra Talitta e Péu, ainda desacordado no colo da amiga. Rezando ao seu Pai Xangô por força, Talitta, com os dedos trêmulos, abriu o aplicativo de música no celular. Mãos podres puxaram seus cabelos, e uma boca estava prestes a abocanhar as coxas de Péu.

Talitta deu play em "Garota Bumbum".

BUMBUM BUMBUM BUMBUM BUMBUM BUMBUM
EU SOU A GAROTA BUMBUM
BUMBUM BUMBUM

"Garota Bumbum" tocou no celular. Com os olhos fechados, Talitta apontou o aparelho para a cara dos zumbis ao seu redor. As criaturas ficaram desbaratinadas, como alguém vendo o sol a pino depois de meses trancafiado em uma cela escura. Atordoadas, fugiam do som, algumas caindo do trilho na tentativa de ir o mais longe possível.

Agarrada ao corpo de Péu, Talitta aumentou o volume do celular. Aos poucos as criaturas começaram a se afastar deles, como se a canção mantivesse um escudo de proteção que os impedisse de atacá-los.

Péu abriu os olhos.

— O que tá acontecendo, que barulhada é essa na minha cabeça?

— Amigo! Você tá bem?

— Eu morri? Tô no inferno?

— É a minha música, amigo! Olha isso!

Ele se sentou, dando de cara com a imagem dos zumbis escapando do raio de alcance da música no celular de Talitta.

— Eu percebi lá no shopping, lembra? Os zumbis estavam atrás da gente, mas fugiram assim que minha música começou a tocar. "Garota Bumbum" é a cura! O meu funk é a cura, Péu!

Ao lado de Péu, Talitta caminhou pelo trio elétrico, apontando o celular em direção aos zumbis, que fugiam assim que eram alcançados pela música.

— Não acredito! Talitta, a gente precisa amplificar esse som! — disse Péu, tentando se colocar de pé. — Coloca "Garota Bumbum" pra tocar no alto-falante do trio elétrico!

— Como eu faço isso? Nunca tive meu bloco, não sei como funciona um trio!

— Na mesa de controle, conecta o celular! São anos de Bloco da Preta aqui, meu amor.

Eufóricos, eles avançaram até o painel de controle do trio elétrico... até que a bateria do celular acabou e a música parou de tocar.

Garota Bumbum

Os zumbis correram na direção de Talitta e Péu, furiosos depois do estresse e da dor causados pelo batidão. A dupla estava ilhada ao lado da mesa de som, os arredores completamente tomados pela horda de zumbis. Talitta e Péu deram as mãos.

Em uma epifania, Talitta começou a cantar a plenos pulmões:

GAROTA BUMBUM - BUM-BUM-BUM-BUM-BUM
EU SOU A GAROTA BUMBUM - BUM-BUM-BUM-BUM
BUM-BUM-BUM-BUM-BUM-BUM

De mãos dadas com Péu e cercada no meio daquele mar de mortos-vivos, Talitta gritava "Garota Bumbum". Os zumbis estavam tão próximos que o bafo fétido até chegava ao rosto deles, mas, enquanto cantasse, eles não eram capazes de atacá-los.

Atirado na caixa de som atrás da dupla, Péu avistou um microfone. Ele conectou o objeto no painel sonoro e o entregou para Talitta.

> OLHA PRO LADO ANTES DE ATRAVESSAR
> QUE A MINHA RABA VAI TE ATROPELAR
> ATRO-PE-LAR
> BUMBUMBUMBUMBUMBUM

Talitta cantou "Garota Bumbum" para a maior audiência de zumbis da história da humanidade em seu primeiro bloquinho carnavalesco apocalíptico. A voz da menina era amplificada pela potente aparelhagem de som que alcançava um raio de um quilômetro para a frente e para trás. Os zumbis fugiram, correndo, desesperados, tentando ir o mais longe possível da voz de Talitta. Aqueles que não foram capazes de escapar do som rápido o suficiente desmaiaram e, em meio a convulsões, tiveram os vermes laranja-néon expulsos de seus corpos.

Cantando sobre o palco do trio elétrico, Talitta só pensava em chegar o mais rápido possível até a sua avó. Aproveitando a fuga dos zumbis, Péu desceu do trio elétrico e foi até o banco do motorista. Mari estava desacordada sobre o volante, mas, além da ferida na testa causada pelo impacto, estava intacta. Péu deu um gritão no ouvido dela, fazendo Mari despertar sobressaltada e se arrastar para o banco do carona. Com Talitta dando um show em cima do trio elétrico, Péu conduziu o gigantesco veículo pela ponte Rio-Niterói.

O som da voz de Talitta chegou na base militar da Ilha de Mocanguê antes do trio elétrico. Escondida em uma escotilha ao lado de outros refugiados e militares que se protegiam contra os zumbis que agora tomavam o local, Dona Lu identificou a voz da neta antes de todo mundo.

— É a Talitta, minha neta, ela veio trazer minha bolsa! Me tira daqui, siminino!

Ela se precipitou até a escada que dava acesso à superfície, mas foi impedida por um dos militares. A base estava infestada pelas criaturas, e ninguém deveria sair da escotilha até segunda ordem.

Dona Lu estava trancada ali havia horas. Um dos militares, que chegara com a equipe de transferência dos refugiados naquela manhã, estava contaminado. Devido à incompetência de fazer a checagem, ele se transformou assim que entrou na base militar e atacou um companheiro. A partir daí a operação degringolou, foi um verdadeiro pega pra capar, e a pobre da Dona Lu, que bem na hora trocava um maço de cigarro por insulina, se viu trancafiada naquela escotilha ao lado de um bando de gente com o desodorante vencido.

Minutos depois, o som de "Garota Bumbum" estava mais intenso. O trio elétrico estava próximo, e os militares estranharam. A voz de Talitta, amplificada pelas caixas de som do trio elétrico, chegava até eles junto a estrondos, urros de zumbis e o som de uma porta sendo arrombada.

Com armas em punho, os militares subiram as escadas da escotilha para dar de cara com um trio elétrico bem no meio da base militar, com Péu no volante e Talitta no palco, cantando sem parar seu hit "Garota Bumbum". Por todo o perímetro da base, zumbis fugiam, desesperados, alguns se jogavam no oceano ao redor da base, outros estrebuchavam até perder a consciência, mas nenhum monstro passou incólume à Garota Bumbum.

Mari recobrou a consciência e, apesar de atordoada, desceu do carro e explicou a situação aos militares. Eles deveriam posicionar caixas de som ao redor da base — não sabiam como e nem o porquê, mas os zumbis fugiam ao ouvir a música de Talitta. Além disso, precisavam também de um celular com bateria e que pudesse ser conectado à aparelhagem de som do trio elétrico.

Dona Lu finalmente conseguiu sair da escotilha, reclamando dos joanetes e do fedor. Do alto do trio elétrico Talitta viu a avó, e sua mão automaticamente envolveu a aliança que nunca deixou seu pescoço. Sua voz embargou, mas ela não parou de cantar. Logo as lágrimas tomavam conta dos seus olhos, e, emocionada frente à visão perfeita de sua avó, Talitta entoava que sua raba iria lhe atropelar.

Péu saltou para fora do caminhão, correu até Dona Lu e eles se uniram em um abraço forte, apertado. Péu a ajudou a subir até o topo do trio elétrico enquanto Mari procurava um telefone com bateria.

Dona Lu subiu no trilho e caminhou, emocionada, até a neta. Talitta não conseguiu mais cantar. Em prantos, abriu os braços e correu até a avó. Ela e Dona Luciana Bumbum se abraçaram, as duas emocionadas com o reencontro. Talitta caiu de joelhos e beijou as mãos da avó.

— A bênção, vó — pediu Talitta, com a voz trêmula.

— Deus te abençoe, minha neta.

Dona Lu acalentou a cabeça da neta. Tudo estaria em paz. Elas finalmente estavam juntas. Talitta afogou o rosto no ombro macio da avó, inspirando o cheirinho que ela temeu nunca mais sentir. Sua avó era sua casa. Talitta finalmente estava em casa.

— Agora, cadê minha bolsa?

Talitta caiu na gargalhada.

— Achei! — gritou Mari com o celular de um refugiado na mão. — Segura, Péu!

Mari arremessou o aparelho, Péu o pegou no ar e o conectou à mesa de som. A gravação de "Garota Bumbum" tocou na mega-aparelhagem de som do trio elétrico.

Enquanto Talitta e a avó matavam a saudade, Péu desceu do veículo e olhou ao redor, pensou em Gabs e se ele também teria chegado a um lugar seguro. A base militar estava destruída, mas agora dezenas de pessoas deixaram as escotilhas espalhadas pelo local. Os sobreviventes se aproximavam do carro de som, curiosos com aquele batidão de funk em meio ao fim do mundo.

— Pedro?

Péu se virou. O ar ficou preso na garganta do jornalista.

— Júlio?

Na frente de Péu, vestido com as roupas do exército brasileiro, estava um homem negro em seus quarenta anos, alguém que o jornalista pensou que nunca mais veria. Aquele que fora o seu primeiro namorado.

— Eu tô há anos esperando pra fazer isso — disse o militar. — Vem aqui, meu Pedrão.

Júlio puxou Péu pela cintura e os dois se beijaram intensamente, na frente de todo mundo, um presente do universo muito bem-vindo depois de todo o caos enfrentado.

Atrás de Péu, Talitta observava o beijo com um sorriso no rosto. Péu se afastou de Júlio e pediu um minutinho para resolver uma última coisa.

Foi então que os dois amigos correram um ao encontro do outro, os braços abertos.

Tem certas aventuras que são impossíveis de serem atravessadas sem desenvolver afeto pelo outro. Salvar o Rio de Janeiro de um apocalipse zumbi, certamente, era uma delas.

— Me desculpa? Por tudo? — perguntou Péu, os olhos marejados.

— Só se você me perdoar também.

— Tem ideia de que sua voz salvou todo mundo, Talitta? Você é uma heroína!

— Fomos nós, Péu. Nós salvamos o mundo.

Nas horas que se seguiram à invasão da base militar da Ilha de Mocanguê pelo trio elétrico de Talitta Bumbum, a notícia de que a música da funkeira era a cura para o apocalipse zumbi viajou pelo país e pelo mundo.

No fim daquele mesmo dia, pesquisadores, médicos e cientistas já estudavam os efeitos de "Garota Bumbum" no cérebro zumbi. No final do mês, foi encontrada a Cura do Bumbum, um método pioneiro desenvolvido pelo SUS capaz de reverter a transformação dos zumbis restantes através da música de Talitta. No final do ano, a pandemia zumbi havia sido controlada graças ao tratamento gratuito. Talitta e Péu tornaram-se heróis nacionais, viajando o Brasil na tentativa de convencer todos os negacionistas dos perigos da infecção zumbi e espalhando a palavra do Tratamento do Bumbum.

E foi assim que uma funkeira de Nova Iguaçu e um jornalista de fofoca salvaram o Rio de Janeiro de um apocalipse zumbi.

Epílogo

Vestindo um collant néon nas cores do Brasil e uma capa amarela de super-herói, Talitta subiu na plataforma do trio elétrico. Com uma pose digna de Mulher Maravilha, foi içada até o palco. Assim que sua silhueta apareceu, as 500 mil pessoas que acompanhavam o Bloco da Talitta no centro do Rio de Janeiro surtaram completamente.

Por todo lado ouviam-se gritos de "salvadoraaaa", "rainhaaaaa", "íconeeeee", "você LITERALMENTE salvou minha vidaaaa!". Se não fosse o cordão de seguranças ao redor do veículo, o trio elétrico teria sido derrubado, tamanha a euforia dos foliões em ver o primeiro show de Talitta Bumbum em cinco anos. Aquele era o primeiro Carnaval em terras cariocas desde a tragédia zumbi.

O coração de Talitta pulsava na garganta, e ela foi tomada pelo prazer que só sentia quando colocava os pés no palco.

— Rio de Janeiro! — Talitta disse, levando a multidão aos gritos. — Rio de Janeiro! — Mais gritos. — Zumbi de cu é rola, caralhooooooooo! A gente mostrou quem manda nessa porra e somos nós, NÓS! O funk venceu! Este país é nosso!

Na área de convidados do trio elétrico, Péu, Dona Lu, Mari e Maikon, equilibrado em sua bengala, se abraçaram, emocionados com a visão de Talitta.

Sim, Maikon estava lá. Vamos voltar um pouquinho pra eu te contar que diabos aconteceu com ele.

Ao longo dos anos seguintes ao apocalipse zumbi, médicos e cientistas desenvolveram o "Tratamento do Bumbum", a agora já internacionalmente difundida cura para a transformação zumbi. Eles vieram a descobrir que a canção "Garota Bumbum" não só afugentava os mortos-vivos, como também era capaz de trazê-los de volta à vida humana, expulsando do corpo humano os vermes alienígenas responsáveis pela conversão.

O primeiro paciente do tratamento de desconversão foi Maikon. Resgatado das ruas de Botafogo com metade de um pé humano na boca, ele estava com o corpo praticamente intacto. Com exceção de um pedaço da panturrilha e do testículo direito, tudo estava no lugar. Apreensiva, Talitta observou o procedimento em que fones gigantescos colocados nos ouvidos de Maikon e sua música foi tocada no volume máximo.

A cena não foi bonita. O pobre do Maikon Zumbi vomitou toda a sala de operação. De brancas, as paredes foram tingidas por um jato preto de odor tão nauseante que fez desmaiar um dos médicos que acompanhavam o procedimento. Talitta quase vomitou, mas permaneceu firme. Com sua avó, Mari e Péu ao lado, tinha os olhos colados na janela transparente que dava para a mesa cirúrgica.

Maikon se debatia, tentava se soltar das algemas que o prendiam à maca, desesperado para arrancar os fones de ouvido. Ele passou treze longos minutos assim, vomitando, urrando e se debatendo. Os médicos já comentavam sobre desligar os fones de ouvido, desenvolvidos especialmente para aquela finalidade, quando o primeiro verme laranja-néon sai pelo ouvido do jogador.

Logo em seguida, uma torrente daquelas criaturinhas advindas do espaço fugiram por todos, e eu disse TODOS, os orifícios de Maikon. A maioria deles explodiu ao entrar em contato com a música, mas alguns resistiram e foram armazenados para estudo. Então os batimentos cardíacos de Maikon pararam. Foi então que Talitta invadiu a sala de operação, caminhou até o ex-noivo e segurou a mão dele. Sugando o ar, Maikon abriu os olhos, que agora já não estavam laranja. O procedimento havia funcionado. Ele voltara à vida.

De volta ao trio elétrico. Talitta já passava de uma hora de show, mas sua energia seguia lá no alto. Eventualmente ela pensava ter visto algum zumbi na plateia, traumatizada pelos eventos mesmo após anos de tratamento psicológico. Mas logo ela percebia que era só sua mente pregando peças e seguia pulando e dançando de um lado para o outro, sua capa amarela voando no céu do Rio de Janeiro.

Talitta parou novamente para conversar com os foliões. Ela fez um apelo para que todos aqueles que tivessem um zumbi em casa ou conhecimento da localização de uma das criaturas os levassem até um centro de desconversão.

— Zumbis não são animais de estimação e não podem ser curados com cloroquina! — concluiu Talitta.

Duas mãos puxaram Péu pela cintura.

— Que saudade do amor da minha vida!

Pedro se virou para encontrar Júlio e os dois se beijaram. Péu automaticamente ficou de pau duro.

— Achei que você não ia conseguir vir, amor!

— Eu ia morrer se ficasse mais um segundo longe de você.

Agarradinhos, os namorados assistiram a Talitta até que alguns gritos começaram a vir da entrada do trio.

— Mas, gente, que algazarra é essa? — perguntou Dona Lu. — Tão ouvindo isso?

— É o primeiro Carnaval depois de cinco anos, vó. O pessoal tá louco. Só vai ter algazarra — respondeu Péu.

— Vem, para de se roçar com esse pedaço de paraíso que é o teu macho e me ajuda a descer essas escadas. Sou nascida e criada na Taquara, meu filho, esse ouvido aqui consegue escutar barraco de longe!

Péu e Júlio ajudaram Dona Lu a descer as escadas do trio elétrico.

Dito e feito. Parado na porta do veículo, um jovem branco com as mãos na cintura batia boca com os seguranças, exigindo que o deixassem entrar.

— Isso é homofobia! Eu sou amigo da Talitta! Eu preciso falar com ela!

— Eu já disse, meu senhor, só entra com credencial — respondeu o segurança.

— Gabriel? — falou Péu de dentro do trio.

— Péu! Amor! Que saudade!

Péu pediu um minutinho para Júlio, desceu do trio elétrico e foi ao encontro de Gabriel, que abriu os braços para receber o ex-namorado.

— Eu tentei falar com você, mas você nunca atendeu...
Péu deu um tapa na cara dele.

— Essa é por ter deixado a gente pra morrer!

— Não acredito que você vai me julgar por atitudes que tomei cinco anos atrás em uma situação de extremo estresse oriunda de...

— Cala a boca, Gabriel! Eu não vou cair nos seus joguinhos mentais, não mais. Eu me culpei por muito tempo pelo que aconteceu, mas sabe o que eu descobri? A culpa não foi minha e eu não preciso mais das migalhas do seu afeto. Vai catar outra cacura trouxa pra você usar e abusar.

— Você vai se arrepender de ter dito isso.

— Mete o pé.

— Eu vim tentar ajudar vocês, eu preciso falar com a Talitta. Minha mãe passou pelo mesmo procedimento que o Maikon e...

— Não ouviu o meu namorado? — Júlio apareceu ao lado de Péu e pegou a mão do namorado. — Mete o pé.

Como uma criança mimada, Gabs soltou um gritinho e pisou forte para longe do trio elétrico.

— Isso foi melhor que toda essa edição nova do Big Brother — comentou Dona Lu, que observava tudo de dentro do trio.

Eles riram e voltaram para o camarote próximo ao palco, onde Talitta se aproximava da última canção.

— A aura de vocês tá vermelha. Algum conflito? — perguntou Mari, que os aguardava enquanto bebericava um suco verde.

— Como você diria, sombras do passado — respondeu Péu —, mas agora eu sei muito bem como lidar com elas.

— Esse é o meu futuro padrinho de casamento! — comemorou Mari.

— Nosso padrinho — respondeu Maikon, divertindo-se com a situação.

Antes de entoar sua última música, Talitta chamou ao palco do trio elétrico os seus amores: Dona Lu, Péu, Maikon e Mari. Ela abraçou a avó e o amigo e, na frente de todo mundo, deu um beijo triplo em Mari e Maikon.

— Eu sei que eu não devo satisfação da minha vida, mas não posso deixar de apresentar a vocês os meus namoradinhos, as pessoas que têm feito meu coração bater mais forte: Mariana — a plateia aplaudiu — e Maikon! Sim, somos um trisal, atura ou surta. Antes de todo esse qui-qui-qui zumbi, vocês acompanharam a confusão que foi meu noivado com esse vacilão aqui. Por muito tempo eu achei que precisava me esconder, esconder meus desejos, me comportar de uma certa forma, falar as coisas corretas, ser toda legalzinha, toda galera e o que aconteceu? Eu fodi com tudo. Foi graças a este cara aqui — Talitta puxou Péu pelo braço — que eu descobri que, pra salvar os outros, a gente precisa se salvar primeiro. E se não gostarem de quem você é de verdade? Pau no cu do mundo!

O público aplaudia e gritava, celebrando Talitta por tudo aquilo que um dia ela pensou precisar esconder. Empoderada por aquela visão, continuou:

— Sabe, eu comecei novinha no funk. Já ouvi muita merda. Sempre riam da minha cara quando eu falava que um dia eu ia tocar no rádio. Um monte de gente jogou pedra no meu caminho, falavam que o funk era música de marginal, que não me levaria a lugar nenhum. Mas esse pessoal esquece que nem todo mundo tá morto por dentro que nem eles. Eu sou uma mulher muito abençoada pelos meus orixás, e um dia, rezando pra eles, eu prometi a mim mesma que ia fazer o funk do Rio de Janeiro ser ouvido no mundo todo. Nosso funk é parte da gente, tá no corpo, no sangue, na pele e merece ser respeitado! Agora vão ter que nos engolir! Porque eu tenho uma coisa pra te contar: foi a minha raba que salvou a tua vida, otárioooooooo! O funk salvou o mundo, porraaaa! E vamos nessa que eu quero dedicar essa música para o homem da minha vida. Pro cara que me salvou de formas que ele nem sabe. Canta comigo, meu amigo Pedro Alcântara!

O público foi à loucura. Tímido, Péu pegou o microfone e acenou para o bloco que entoava seu nome: "Pedro, Pedro, Pedro!" Ele não era mais Péu Madruga, o jornalista das celebridades, ele era o Pedro, o jornalista que ajudou a salvar o Rio de Janeiro e fiel escudeiro de Talitta Bumbum. Essas eram alcunhas que ele portaria com orgulho.

Abraçada com Péu, Talitta cantou "Garota Bumbum", que, naquela altura, já era oficialmente — inclusive por motivos médicos e de segurança internacional — a música mais tocada da história. Talitta cantava e pulava, eufórica com suas tranças vermelhas ao vento.

BUMBUM BUMBUM BUMBUM
OLHA PRO LADO ANTES DE ATRAVESSAR
QUE A MINHA RABA VAI TE ATROPELAR
ATRO-PE-LAR

Todos estavam hipnotizados pela imagem de Talitta, a nossa super-heroína brasileira. Todos estavam inebriados com o tesão pelo retorno daquilo que seria uma vida normal, com a difusão da cura pelos quatro cantos do Brasil que ninguém, absolutamente ninguém, percebeu o que aconteceu.

Maikon se desequilibrou ao ser atingido por uma lancinante dor de cabeça. Ele se apoiou na grade do trio elétrico e enfiou um dedo no ouvido, cutucando sem parar a cavidade que ardia, inconsciente do vermezinho laranja-néon que se debatia dentro de seu canal auditivo e, lentamente, deslizou para dentro do corpo de Maikon.

À frente do trio, Talitta seguia entoando o refrão que salvou a humanidade:

BUMBUM BUMBUM BUMBUM
BUMBUM BUMBUM BUMBUM
BUMBUM BUMBUM BUMBUM

Agradecimentos – Igor Verde

Obrigado a todos os amigos que ririam comigo mesmo em um apocalipse zumbi.

Agradecimentos – Juan Jullian

Viralizou está entre nós. Esta história, que surgiu durante o ápice da pandemia e foi escrita durante o período de flexibilização, não existiria sem alguns heróis e heroínas da vida real.

Em primeiro lugar, Igor Verde. Amigo, obrigado por criar esse universo e esses personagens insanos e deliciosos comigo, obrigado por topar a loucura que foi escrever este livro a quatro mãos e obrigado por me ensinar tanto. *Viralizou* foi uma das experiências de escrita mais divertidas que eu tive. Eu te amo, e contar histórias com você é a cura para muitos dos meus monstros.

Não posso deixar nunca de agradecer a minha avó Georgete, que é obviamente a maior inspiração para todas as vovós que aparecem nos meus livros e o ser humano que me faria atravessar um Rio de Janeiro zumbi. Minha mãe Rosimery, meu avô Osvaldo, minha chihuahua Mirna, Ana Scudieri, Rogério Moller e Luciana Moraes, vocês são minha família e todos esses livros são diferentes — e esquisitas — formas de mostrar pro mundo o quanto eu amo e sou inspirado por vocês.

 E falando em Luciana Moraes, Lu, chegamos até aqui! Quem diria que aquela caipirinha em Niterói nos traria tão longe? Obrigado por acreditar em mim mesmo quando eu não acredito e por me ajudar a explodir o cérebro de tantos zumbis.

 Rafaella Machado, minha amiga e editora, eu te amo. Obrigado por todo o acolhimento, insights, cuidado e gentileza desde aquela DM que mudou tudo no dia onze de novembro em 2019. Sou muito felizardo por ter encontrado você e a Galera Record. Everson Chaves, Débora Souza e toda a equipe do Grupo Editorial Record que, direta ou indiretamente, colaborou para a existência do *Viralizou*, obrigado por tanto!

 Não posso deixar de agradecer ao, agora institucionalmente conhecido, grupo dos PUR, minha rede de acolhimento nesse mercado insano e que faz dessa eterna jornada uma experiência deliciosa: Amanda Condasi, Ana Rosa, Clara Alves, Deko Lipe, Marta Vasconcelos, Mariana Mortani, Paula Prata, Ray Tavares, Tathi Machado e Vinicius Grossos. Muito obrigado Daniel Lameira por todas as consultorias extraoficiais!

 E, finalmente, meu eterno agradecimento aos QUERIDERS, minha base de leitores que abraça com uma euforia contaminante todas as minhas empreitadas. Eu amo vocês.

Este livro foi composto na tipografia Adobe Garamond Pro, em corpo 11,5/15,5, e impresso em papel off-white no Sistema Cameron da Divisão Gráfica da Distribuidora Record.